IRUK

「コウちゃんの

……見ちゃった……」

俺と妹の血、つながってませんでした

村田 天

ファンタジア文庫

3281

口絵・本文イラスト　絵葉ましろ

俺と妹の血、つながってませんでした
My sister and I are not blood related

CONTENTS

My sister and I are not blood related

CHARACTER

Iruka Kousetsu

入鹿《いるか》光雪《こうせつ》

16歳

主人公。家族愛が強く、二人の妹を溺愛している。真面目過ぎる性格で学校では敬われているが、エロ漫画家の母の影響か女の子を描くのが趣味。

Iruka Kururi

入鹿《いるか》久留里《くるり》

15歳

入鹿光雪の妹。家族愛が強いが、その中でも特に兄に懐いている。普通の兄妹の範疇を超えた言動、行動をする兄ガチ勢。

Iruka Yotsuba

入鹿《いるか》四葉《よつば》

8歳

光雪と久留里の妹。基本的に無口だが、しれっとちゃっかりとしたところがある。兄と姉にはしっかりと甘える。

プロローグ

突然降り出した雨は路上の色をまたたくまに黒く染めていった。

三月。高校一年と二年の間である春休みの半ば。天気は不安定だった。俺は傘をさし、片方の手にもう一本傘を持ち、駅に向かって足早に歩いていた。

「コウちゃん！　こっちだよ！」

駅の入口、屋根があるギリギリの場所は雨宿りの人で混みあっていた。そんな中、可愛《かわい》らしい声にそちらを向くと、声の主が俺に向かって大きく手を振っていた。

透けるような白い肌に猫のように大きな瞳。整った鼻梁《びりょう》とその配置は黙っていても人目を惹《ひ》く。神が特別精魂込めてデザインしたような美少女だ。

「来てくれてありがとう！　嬉《うれ》しい！　大好き！　会いたかった！」

目の前まで行くと、美少女はぱっと嬉しそうな笑みをこぼし、十年越しの再会を果たした恋人のように胸に飛び込んでくる。その動きに周囲の注目が一気に集まった。

「ねえねえ！　今日私と離れている間何してたの？　一から順に聞かせて！」

この美少女は入鹿久留里《いるかくるり》。十五歳。

ひとつ下の、俺の妹だ。

この妹は、顔を見ればニコニコと抱き着いてくるし、暇さえあれば部屋を訪ねてくる。外にいれば連絡をしてくるし、家の中で見当たらないと俺を探しまわり、見つけると近くに鎮座して二時間に一度は頭を撫《な》でてほしがり、膝に乗りたがり手をつなぎたがり、常にかまってほしがる。とにかく〝甘えん坊〟な妹だった。

久留里は俺が差し出した傘は受け取らず、当然のように俺の傘に入ってきた。

「傘持つと腕が重いし、コウちゃんの傘で帰ればよくない？」

久留里は笑いながらぴったりと身を寄せてくる。

「お前はどれだけ虚弱なんだ……せっかく持ってきたんだからさしてくれ」

「やだー」

久留里と言い合いながら、俺は目の前に落ちていたコーヒーの空き缶を拾い、それを手に持っていたゴミ袋にすっと入れた。

近くを通った老婦人が声をかけてくる。

「あ、お兄さん、さっきはありがとうね。おかげで助かったよ」

「いえ、大したことはしてません」

その様子を見ていた久留里が口を開く。

「……もしかしてコウちゃん、また世直しをしながら来たの？」

「世直しなどしてない。あの方にはごく簡単な道案内をしただけだし、駅に行くついでにゴミ拾いしながら来ただけだ……」

話しているそばから前を行く男性がまだ煙の出ている煙草《たばこ》の吸殻をぽいと路上に捨てた。

俺はとっさにその男の腕をガシッと摑《つか》んだ。

「うわっ！　なんだてめ……」

「大変不躾《ぶしつけ》なお願いですが……今捨てたものは、持ち帰っていただきたい」

「あぁ？」

男は不満げに睨《にら》んできたが、じっと真摯な目でお願いすると、面倒に思ったのか舌打ちしたあとに吸殻を拾い、去っていった。

「よかった。わかってくれたようだ」

「あはは、コウちゃんの眼力勝ちー！」

見ていた久留里が笑う。

俺は昔から真面目が服を着たような性格であった。融通がきかないために友人もなかなかできない。

一方、久留里はよくいえば明るく活発で友人も多く、悪くいえば不真面目でだらしない。

もしも同級生で同じクラスにいたら一言も話さなかったタイプだろう。

俺たちのような兄妹《きょうだい》は、陽キャな妹が糞真面目《くそ》な兄を忌避し、無視をして存在を疎《うと》ましがるパターンが多かったりするらしいが、俺たち兄妹はそれには当てはまらず、久留里が俺を慕ってくれたおかげで昔からずっと仲がよかった。

「握手会は楽しかったか？」

「うん！　後光を浴びてきたよ！　推しを至近距離で見れた上に、ハグまでしてもらえて、や～らかくていい匂いがしたしとにかく最高だった！　可愛かったよ～！　やっぱもものんは天使だった！」

久留里は可愛い女の子が好きで、昔からよく、古今東西のアイドル動画などを熱心に観《み》ていた。特定の推しを作らず、興味が変わりやすい奴《やつ》だったが、ここ二、三年は女性アイドルグループ、〝おはぎ小町〟のメンバーの一人、水谷桃乃《みずたにもも の》、という子を追いかけ、大騒ぎをしている。

「一人で大丈夫だったか？」

「うん。今日はよく来る同担のおねーさんと待ち合わせて一緒に行ったから」

「そうか。それは安心だな」

「でも次のライブはちょっと遠いからコウちゃんも一緒に来て」

「ああ、わかった」

「やったー！　絶対だよ！」

久留里は笑いながら歩道に落ちていたお菓子のゴミを拾い、俺の持っているゴミ袋に入れ、また笑った。

俺は久留里と揃《そろ》って帰宅した。

手を洗ってから少しだけ濡《ぬ》れてしまった頭をタオルでわしゃわしゃ拭いていると、久留里が前にしゅっと滑り込む。

「コウちゃん私も！」

突き出されたその頭を黙って丁寧に拭いてやる。

タオルを洗濯機に入れてダイニングに入ると、久留里はテーブルで呑気《のんき》な顔でスマホをいじっていた。何を見ているのかは知らないが、画面を見ながら小さく吹き出して笑っている。久留里はSNSを五つ駆使して友人とつながっている。自撮りは一切ないのでフォロワーが大量なわけではない。食い物の写真とアイドル情報ばかりだが、そのアクティブさには感心する。俺はそういったものは家族間と、所属している生徒会で使うためのLINEしか入れていない。

「もうすぐ合格発表の時間じゃないのか」

「えっ、あ、ほんとだ……！　ちょっと緊張してきた！　コウちゃんどうしよう」

「そんな大事なことを今の今まで忘れていられたなら大丈夫だろ……」

「いやでも、今コウちゃんが思い出させ……」

「……ただいま」

背後で控えめな声がして、そちらを見ると扉のところにもう一人の妹の四葉《よつば》がいた。

もうすぐ小学三年生になる彼女は少し歳《とし》が離れているのもあって、久留里からも両親からも溺愛されている。もちろん俺も可愛くてたまらない。

「四葉、おかえり。雨大丈夫だったか？」

「……折り畳み、鞄《かばん》に入れてた」

そして、余計なことをのべつまくなししゃべる久留里と違い、四葉はしごく無口だった。

「おかえり四葉。遊びにいってたの？」

久留里が駆け寄って四葉をぎゅうと抱きしめる。

四葉は黙って壁の時計を見た。時刻は午後四時半だった。

「……ママは？」

「仕事部屋にいるんじゃないか」

「私さっきトイレ前で会ったけど忙しそうっていうか……だいぶヨレヨレだったよ」

四葉が「むう……」と不満の声を上げる。

母は忙しくなると部屋から出てこなくなる。四葉にはそれが不満らしい。

「俺、そろそろ呼んでくる」

そう言って立ち上がる。四葉がトテトテついてこようとしていたのを久留里が止めて、テレビへと誘導した。

「四葉はこっちにいよう。ママすぐ来るからね」

母の仕事部屋の前に行くと扉が半開きで、中からスマホを耳に当てた母の真面目な声が聞こえてきた。

「そこは近親相姦《そうかん》の背徳感もちょっと出したいんですよね。兄は妹の顔が罪悪感で見られず……バックから寝バックに…………はい、で、そのあと、ばーっとふっきれてまんぐりがえしゅっ……ぶぎゃっ、ちょ、ちょっと待ってください！」

気配に気づいたのか、母が突然ハッとした顔でこちらを向く。俺だと確認してから大きく息を吐いた。

「やだ、ドア開いてた？　コウくんでよかったー」

「うん。四葉帰ってきたし、もうすぐ久留里の合格発表だから」

「もうそんな時間？　終わったらすぐ行く」

「わかった」

ごめんというように片手を俺にかざしてから母は電話に戻った。

母は人気エロ漫画家だ。主にきょうだいの近親相姦ものを描いている。そのため四葉はまだ母の仕事を知らされていない。自宅で仕事をしているので母の部屋に四葉は立入禁止となっている。可哀《かわい》そうだが、もっと可哀そうな事態を防ぐため、致し方ない。

ダイニングに戻ろうとすると玄関が開いて、父が慌ただしく帰宅した。

「ただいま！　光雪《こうせつ》くん、久留里ちゃんの発表は？」

「五時だから、あと二十分だ」

「よかった。間に合った」

いつも背筋がピンと伸び、姿勢のいい父は警察官だ。俺は十六歳にしては背丈が大きめに成長中だが、父はさらにでかく、たくましい。父はいかつい風貌とは裏腹に、怒ったりすることは滅多にない温和な人だ。

午後五時。家族全員が居間に揃った。

ソファの中央にひとり座っている久留里のスマホを全員が覗《のぞ》き込んでいた。

久留里の白くて細い指が、すっ、すっ、と画面を動かしていく。そこにはずらずらと数字が並んでいる。家族全員、固唾《の》を呑み、一言もしゃべらない。

しばらくして久留里が声を上げた。

「こ、こ、これ！　あったあぁぁー‼」

両親が「おお！」「きゃあ！」とそれぞれ大きな歓声を上げた。

「あった！　あったよ！　コウちゃん」

嬉《うれ》しそうな笑みを浮かべた久留里がスマホを俺に見せてくる。そこには燦然《さんぜん》と輝く彼女の受験番号があった。

母がパンと手を打ち合わせて言う。

「合格おめでとう！　くんちゃん！」

「おめでとう！　久留里ちゃん！」

「お姉、おめでと……」

家族に続いて俺も「おめでとう」を言った。普段ふざけてばかりの久留里だが、頬を赤くさせ、目尻に涙をほんのりのせたまま、ほっとした顔でスマホを抱きしめた。

「ありがとう〜ちょっと心臓やばかった〜」

「お祝いはケーキにする？」

「ケーキとお肉とお肉」

「あとは？」

「あとおにく！」

久留里《くるり》はこの春から俺と同じ県立鶴苑《つるぞの》高等学校に入学する。

べつに毎年何人も名門大学に輩出しているような進学校ではないが、家の近隣では一番偏差値が高い。勉強嫌いの久留里だが、中学三年の一年間はよく頑張っていた。そのことは勉強を見ていた俺が一番知っている。

自分のときでもここまでハラハラしなかったし、落ちたら落ちたときだと思っていたというのに。妹の努力が報われたことにあまりに安心して放心状態になってしまった。

キッチンの奥で腕組みしながら壁に掛けられたカレンダーの前で立ち尽くしていると、久留里が背後からぎゅうと巻きついてきた。

「コウちゃん！」

「よかったな」

「うん！　私コウちゃんと同じとこ行けるようにほんっと〜に、猛烈にがんばった！」

「よくやった」

「もっと褒めて。撫《な》でて」

そう言って頭を差し出してくるので手を伸ばして指を髪に埋《うず》める。さらさらとした指通りのよい髪は、かき混ぜるとほのかにシャンプーの匂いが香る。

しばらくわしゃわしゃしてから手を離すと、久留里は不満そうに唇を突き出してくる。

「……もう、おわり？」

「……仕方ないな」

また、わしゃわしゃ撫でた。途端、目を細めて口が半開きの幸せそうな顔が再開される。

「……あと一分して」

「わかった」

再びわしゃわしゃした。

「……もう一声！」

「いいぞ」

わしゃわしゃわしゃわしゃわしゃ。

「あと五十撫で！」

わしゃわしゃわしゃわしゃわしゃわしゃ。

そのあと追加で二百撫でさせられた。俺は基本、家族には甘い。

久留里が俺の両肩に手を伸ばし、俺の身を屈《かが》ませる。

「コウちゃん、ありがとね。大好き！」

そう言って嬉しそうに笑って、俺の頬に唇をつけた。


やがて迎えた久留里の入学式の朝はいい天気だった。

あとから思えば忘れられない日になるが、朝の時点の俺はその日の晩に自らを揺るがす事件が起こることなど予想もしていなかった。

俺は近所で仲良くなった爺《じい》さん婆《ばあ》さんたちとラジオ体操をした後、日課のゴミ拾い兼、ランニングから帰宅した。家では両親が出陣の準備をせわしなくしている。

母が「えっ、去年は着れたスカートがきつい！　なんで！」と騒ぎ、それをまったく聞いていない父が「礼服のネクタイどこにしまったっけ」と言いながらウロウロしていた。

そんな中、ダイニングでトーストをかじっている久留里を見て俺はぎょっとした。

「久留里……なんだその頭は……」

「えっへへ、似合う？　昨日の夜やっちった」

久留里は肩につくくらいの前下がりにしている髪を脱色して金色に染めていた。

「これから入学式なのに何をやっているんだ……！」

俺の脳裏に久留里が推しとあがめているアイドルの姿が過《よぎ》った。何かの舞台の写真の衣

装を着ていたとき、おそらくはカツラだろうがその髪が金色だったこと。久留里がその写真を見ていつもよりも興奮して騒いでいたことも。

目を剝《む》く俺の目の前で、久留里は名前通り、くるりとまわってビシッとポーズを決めた。

「……校則違反だ。今すぐ戻せ」

「制服も着ました！　似合う？」

「話を聞け！」

「コウちゃん、制服、似合ってない？　可愛《かわい》くない？」

「……ものすごく可愛いし、よく似合ってる」

「ありがとう。嬉しいな。コウちゃんもいつも通りかっこいいよ！」

「久留里、お前のその頭は……〝もものん〟の真似《まね》なんだろ……やたらと真似てるがアイドルになるつもりなのか？」

そう聞くと久留里はきょとんとした顔をした。

「やだなーコウちゃん、推しは観《み》るもの、そして推すものだよ！　好きさが極まって同化願望みたいのは発症するけど、アイドル業とか推される側にはまったく興味ないよ……可愛さや輝きや感動は受ける側でいたいもん」

「……しかし、この間もスカウトされたとかなんとか聞いたが」

「ああ、ママから聞いたの？　ライブとか握手会は行くたびスカウトされてるけど全部その場で断ってるよ、興味ないもん。それに……コウちゃん、私が歌ド下手なの忘れてない？」

「あ、そうだったな……」

可愛さだけならそこらのアイドルを凌《しの》ぐ久留里であったが、破滅的な音痴だった。そしてアイドルは見た目だけでは営めない職業だ。久留里が音痴でよかった。芸能界は恐ろしいところだと聞くし、あまり過酷な職業を目指してほしくない。

「……それはともかくとして、早急にその髪の毛をなんとか……」

「今から戻せないし、遅刻しちゃうよ」

リビングに入ってきた四葉《よつば》が「……お姉、似合う」とぼそりと言って、久留里はそれにピースしてコンサートのアイドルのように「ありがとー！」と言っている。

入学式用に正装した母も入ってきて口を開いた。

「わぁ、くんちゃん似合う。超絶かっわいい〜。コウくん、これすっごい可愛いけど学校大丈夫？」

「駄目に決まっている……！」

「ねえ遅刻しちゃうとよくないから、もう行こうよ！　コウちゃん在校生代表でしゃべるんでしょ？　遅刻したらまずいよ！」

　忘れていたがそうだった。本来やる予定だった三年生が極度のあがり症だったため、急遽頼まれた俺がやることになっていた。しかし、それより久留里の頭の色が気になる。

　身支度を無事すませた父も玄関先で久留里を見て口をあんぐりと開けた。

「く、久留里ちゃん……その頭は」

「似合うでしょ」

「たいへんよく似合うが高校にはよくない。戻しなさい」

「今日はもう無理だって」

　俺と似たようなやりとりをしたが確かに今からどうにかできるはずもなく、そのまま全員で入学式に出かけた。

　まず、自宅から最寄り駅まで徒歩だと二十分ほどある。普段は駅までは徒歩か自転車だが、今日は家族揃《そろ》ってバスに乗った。そこから電車で二駅先へ行き、駅からさらに十分歩くと目的の鶴苑高校に到着する。

　鶴苑高校は、昔は鶴苑城という城であったものを学校に改築しているので、その名残が強く残っている。校舎の周りにはお堀があり、校門もほぼ城門だ。嘘《うそ》か本当か埋蔵金伝説があり、数年に一度は捜し出そうとして地面を掘る奴《やつ》が出てくるらしい。

今日は門の前に入学式の看板が立てられ、多くの生徒と保護者がそこの前で記念撮影をしていた。わが家も、もちろんそこで順番を待って家族写真を何枚か撮った。

妙に注目を浴びている気がして周囲に耳を澄ます。

「すごい可愛い」とか「髪の毛」とかそんな単語が混じっていることから推察すると、注目を集めていたのは久留里だろう。

確かに久留里は、俺の妹はものすごく可愛い。和の趣を残す校舎同様、和装を取り入れた高校の制服を着た久留里は、新入生とは思えぬふてぶてしさと、あまり認めたくないがその髪色もおそろしく似合っていて、壮絶に可愛い。今後脳味噌《のうみそ》がスケベの三文字で埋まっている高校生男子がフナムシのようにワサワサ寄っていくことを考えると今から少し胃が痛くなるくらいだ。

やがて、無事に式が終わり、入鹿《いるか》家は揃って帰宅した。

「コウちゃんすうっごくかっこよかったねー！　ねー、パパ、ちゃんと動画撮った？」

「うん。撮ったよ。あとでテレビにつないで、みんなで観よう」

「疲れたから今日はピザ取ろうと思うんだけど、お父さん一緒に選んでー」

「……ジュース、こぼした」

「わー、四葉がこぼしたー。ママ、これ落ちるかなぁ」

「待って、どっちのピザにしようか迷ってる……え？　服にこぼしちゃったの？」

居間はわちゃわちゃと、誰が何を言っているのかもわからない賑《にぎ》やかさと、式の終わった解放感に満ちていた。

ピザが届き、全員がダイニングテーブルに着いてから母が高らかに宣言した。

「それでは、くんちゃんの髪について、家族会議しまーす！」

久留里の「うへぇ」という声が聞こえた。

「なんか大丈夫そうだったよ。父方の曽《ひい》お祖父《じい》ちゃんがハーフだった影響で地毛だって言ったらみんな信じてたし」

信じるのかよ……いや、確かに久留里の顔立ちはどことなく無国籍だし、妙にしっくりと似合っていて不良っぽい感じにはなっていない。そこまで悪びれなく堂々とされたらいっそ信じるかもしれ……いや、突っ込む気がうせただけかもしれない。どっちだろう。身内には初見の印象がわからない。

髪色を戻すと地毛だと言い張ってしまった嘘が発覚する。それが原因で顰蹙《ひんしゅく》を買うだろう、いじめられるかも、と久留里は熱弁した。

しかし、そんなのは最初に嘘をついたのだから自業自得《じごうじとく》である。

なんとか説得をしようとしたが、母が呆《あき》れた顔で「くんちゃんは自分で一度決めたら絶対聞かないからねぇ」と言ったことで、結局全員が諦めた。

そうなのだ。たぶん何を言ったところで聞かない。久留里《くるり》は我が強い。昔から自分でこれと決めたことはどんな小さなことでも周りの意見は聞かない。諦めるより他ない。そのうち飽きるかもしれないし、気長に説得を続けるしかなさそうだ。

こんなふうに、小さな問題はあってもわが家は平和な家族だった。

俺は昔から自分の家族が大好きだった。

高校生くらいになると家族と行動したり、家族に愛を持つのは格好悪いという感覚の奴もいるが、俺はそんな感覚になったこともない。

家族というのはよくも悪くも、生まれたときから与えられ避けることのできないものだ。

俺はいい家族に恵まれた。血というつながりだけで自分を無条件で愛してくれる両親、頼ってくれる妹たち、俺はその存在そのものが大切で愛おしいのだ。

これからもこんな日々が続くのだと、そのときの俺は疑いようもなく、そう思っていた。

それなのに。

入学式の晩、一度眠りについたあと、目が覚めてしまった。

枕元に置いてあるデジタル時計を見ると、午前一時を過ぎている。俺は喉の渇きを覚え、家族を起こさぬよう忍び足でダイニングに向かった。けれど、扉のすりガラス越しに電気は点《つ》いていたし、中からは話し声がしていた。

どうやら両親が酒を飲みながら話しているようだった。ここまで遅い時間は珍しいが、それ自体はよくあることだ。そのまま開けようとして、聞こえてきた会話に動きを止める。

「あのこと……いつ、言うかな……」

「もう言わなくてもよくない？　よんちゃんのこともあるし……あの子たちがぎこちなくなったら嫌だなぁ」

「しかし、いつかは知ることになるよな」

「そうだよねぇ。もし何かで必要になって戸籍謄本取っていきなり知ったらびっくりしちゃうよね……」

「……なんの話？」

「……わ、きゃあ！」

ダイニングに入った俺に、母が異常に驚き、ビールの入ったグラスがテーブルに倒れた。半分ほど残っていた琥珀《こはく》色の液体が盛大にテーブルに流れていく。

俺が倒れたグラスを立て、父がすばやく布巾でさっと拭いた。それでも母はまだ、あわあわしたままだった。普段からマイペースで呑気《のんき》な母が、ここまで慌てるのは珍しい。

「光雪《こうせつ》くん……話がある。ちょっとそこに座ってくれるか？」

そう言った父に母が驚いた声を出した。

「え、四郎《しろう》くん……」

「やっぱり、ここらできちんと話しておこう」

「でも……」

「大丈夫だ。光雪くんはしっかりしている。それにこれぐらいのことじゃ、家族は変わらない。私はそう信じてる」

この時点で、嫌な予感はしていた。しかし、聞かずにすますわけにもいかない感じだ。

「実は……光雪くんと久留里ちゃんは、私たちの連れ子同士で、血がつながってないんだ」

「……は？」

確かに、小柄で華やかな容姿の久留里は俺とはまったく似ていなかった。けれど、両親はこれまでそんな空気は一度だって出さなかった。だいたい、そういう深刻な出生の秘密みたいなものはフィクション御用達《ごようたし》のもので、のほほんとした雰囲気のわが家にあるなんて、思いもしなかった。容姿が似てないことも、猫だってぜんぜん違う模様が生まれることがあるというし、隔世遺伝だって先祖返りだってあると思っていた。あるんじゃないのか……？

混乱する俺の前で、母が小さく低い声で言う。

「コウくんは私の連れ子で、くんちゃんはパパの連れ子」

両親はお互いシングルマザーとシングルファザーの状態で保育園で出会い、それぞれの子どもが二歳と三歳のときに再婚した。俺は母の連れ子で実父と母は離婚している。原因は妊娠中の実父の浮気《うわき》で、離婚してからも養育費などはいっさいもらっていない。離婚してから一度も会っていないし、今後も一生会わないとのことだった。

そして、久留里の実母である父の元妻とは死別だったらしい。その人はフランス人と日本人のハーフだったというので、久留里のやや日本人離れしたルックスについては納得させられた。父によってたんたんと話されるそれを、俺は苦い気持ちで聞いた。

つまり俺は、父や、久留里とはまったく血がつながっていなかった。

「でも、私は君のことを本当の自分の息子だと思っている。それは伝わっているかい？」

それは、ものすごく伝わっている。俺の父親はこの人だ。それは何があっても揺らがない。すんなりと頷《うなず》いた。

前
葉子
再婚
四郎
前妻
四葉
妻の妹じゃない!?

「四葉《よつば》ちゃんには……黙っていようと思う。まだ小さいし、知らせる必要もない……」

「……そうだな」

四葉だけが両親の血をひき、全員と血がつながっていて、家族をつないでくれている。

彼女はいるだけで家族を家族たらしめている。それに、身勝手だが、四葉にはそんなことを知らずに接してほしい気持ちもあった。

「久留里ちゃんは、どうしようか」

「くんちゃんもまだ、知る必要ないんじゃないかな⁉︎」

母が慌てた様子で即答した。

「そうだな」

俺がそう同意したのは、俺の今感じているショックが思った以上に並々ならぬもので、同じ想《おも》いを味わってほしくないという感情からだった。

「確かに……久留里ちゃんは、まだ光雪くんほど冷静に受け止められないかもしれないな」

「そうなの。それに、くんちゃんはコウくんが大好きすぎるから……知ったときどうなるか反応が読めなすぎてちょっと怖いんだよね……ショックで悲しむならまだ正常だけど……ストッパーが外れたらと思うと……」

母は聞き取りにくい小声で懸念《けねん》をもごもごと言って口ごもった。もともとはこんなうっかりの事故がなければ俺にもまだ言うつもりはなかったことのようで、母はずっと慌てている。久留里へ知らせるのは、満場一致で延期となった。

「父さん、母さん」

俺の声に、二人が揃って俺の顔を見た。

「俺は、何も変わらない」

力強く言って、立ち上がった。

「光雪くん！」

「コウく〜ん！」

家族三人でわしっとハグをして解散した。

部屋に戻った俺はしばらく呆然《ぼうぜん》としていたが、やがて勉強机の引き出しを開けた。

俺は一定以上のストレスを受けるとある行動を起こす。

引き出しからタブレットとペンタブを出して、イラストアプリを起動させる。

そこから無心で絵を描いた。これは世界中の誰にも言っていない俺の密《ひそ》かな趣味だ。

絵を描くのは楽しく、金もかからない手軽なストレス解消だった。俺は普段から真面目で色々と抑え込むことが多いので、こういった機会は多く、そのたびに上達していった。

描くのはいつも必ず可愛《かわい》い女の子のイラスト。今日は心が荒れていたので、可愛いメイド服姿の女性だった。

『コウくんは私の連れ子で、くんちゃんはパパの連れ子』

先ほどの母の声が蘇《よみがえ》り、脳の隙間を侵食する。それを追いはらうように、ペンタブを動かす。父の声が脳に割り込む。

『血がつながってないんだ』

俺は描いた。描き続けた。豊かな黒髪を。エプロンのフリルを。スカートのひだを。魂を込めた線で。怒りや悲しみを込めた色で塗りつぶす。

そうしながらも、無数に存在する家族の思い出が脳内を慌ただしく行き過ぎていく。

いつも強く優しい父の横顔。俺は警察官である彼を尊敬し、自分も同じ道を目指すことにしたのだ。けれど、彼の血は俺には流れていなかった。遠まわしにクズだと聞かされた人間、それがどこかにいる俺の実の父親だ。

ペンタブを動かし、戸惑った瞳、ほんのり紅潮した頰、小さく開いた口元で微妙な表情を作っていく。

俺にはあの清廉な父ではなく、クズの遺伝子が流れているんだろうか。いや、遺伝子なんて関係ない。でも、それならばなぜ俺はこんな絵を描いているのだ。ほかならぬ母の遺伝子ではないのか。

光源を決めて影を作る。体はできうる限りのやわらかな線で、服の陰影は丁寧に細かく、表情とポーズ、服の動きで躍動感を出そうとする。何度も絵を反転させ確認する。

その画面がだんだん歪《ゆが》んで見えづらくなった。

血のつながりなんてあってもなくてもどうでもいい。家族は、家族なのだ。

理性ではそう思うのに、なぜか怒りのような感情が湧いて小さな沸騰を感じている。

俺は目を一度だけ擦《こす》り、また絵に集中した。

そうだ。今は目の前のキャラクターの創造に集中するのだ。

何かを破壊してまわりたいような暴力的な衝動の中、俺は猛烈に創造をしている。

数時間後の真夜中に何枚ものレイヤーを駆使した、メイドカフェでこっそりバイトしている音楽教師の設定の絵が完成した。

名前は吉村綾乃《よしむらあやの》さんだ。趣味のBL本蒐集《しゅうしゅう》が行き過ぎて金に困り、メイドカフェでこっそりバイトしているところを同僚男性教師に見つかってしまい、慌てて逃げようとしている瞬間を描いた力作だった。

普段ならすぐPixivに上げ、そこで反応を得ることで俺の上昇しやすいストレス値は半減する。オリジナルなので閲覧数はそこまで多くないが、先日は神とあがめている絵師に反応をいただいたりして、俺のストレスは氷のように解けた。

この趣味に費やしている時間は、学校では四角四面に堅いと言われ、家族にまで真面目過ぎると言われる俺が抑圧から解き放たれる貴重なものだった。

しかし、俺はその日描きあげた絵を、腹の中の悲しみと共に削除した。

いくら上手に描けてもこの絵を見ると思い出すであろう記憶から逃げるためだ。

まるではかない砂絵のようであったが、消したときには俺のストレスも同時に消えていくのだという祈願も込められている。

俺はデータ削除のためのクリックをする。

さよなら、先生。

第一章　高校生活を送る兄妹《きょうだい》

授業初日。

白い花びらが路面を埋め尽くし、桜の樹《き》は花をほぼ全部落として緑がかっている。外は清々《すがすが》しくもやわらかな風が吹いていた。

そんなうららかな春の朝に、俺と久留里《くるり》は揃《そろ》って玄関を出た。

両親の告白から一晩経《た》った。知ってしまったことを忘れることはできないが、いくら考えたって何も変わりはしない。俺はできる限りそのことを意識せず忘れようとしていた。

久留里はさっそく通学鞄《かばん》に推しのラバーストラップやグッズのキーホルダーをじゃらじゃらと付け、機嫌のいい顔で靴下を直していた。

「あー、嬉《うれ》しいな」

「そんなに嬉しいのか？」

高校生になるのはそんなに嬉しいことだったろうか。たった一年前のことなのに、その感覚はもう思い出せない。

「うん！　家出てからもコウちゃんと同じ道歩けるのすごい嬉しい！」

「ああ、中学校は駅とは逆方向だったからな……」

「うんうん！　ね、手をつないで行きたい！」

「ああ、いいぞ」

そう言うと、久留里が俺の手を掴《つか》んだ。そして、悪戯心《いたずらごころ》だったのだろうか、そのまま指をそっと絡《から》めてくる。そんなつなぎ方はしたことがなかった。ぞわりとした小さな違和感があって、びっくりした俺はつないだ手をぱっと振りほどいた。

そうして久留里の顔を見たその瞬間、俺は奇妙な感覚に襲われた。

透けるような白い肌。大きな瞳。美しい鼻梁《びりょう》。そんな中、わずかに隙があるような整いすぎていない口元。長年見慣れてきた顔のはずだった。

けれど、髪色を変え、真新しい高校の制服に身を包む久留里は雰囲気がガラリと変わり、大人びていた。毎日見ていたから気づかなかったその成長が、変化が、いやにくっきりと輪郭を持つ。

そうして、どこか蠱惑《こわく》的に見える顔で微笑《ほほえ》んだ久留里が急に、妹ではなく、知らない女の子のように感じられた。

一瞬だけ思う。これは、誰だ。

そのとき天啓のような感覚が降ってきて俺の頭を直撃した。

俺と久留里《いもうと》は血がつながっていない。

血のつながりは目に見えるものではないから、ついさっきまで俺は昨日言われた事実の表層を目でなぞるかのように見て、戸惑っていただけだった。けれど、そのとき急にわかってしまった。

これほどまでに違うのに、血縁者であるはずがないじゃないか。なぜ今まで疑問も持たずに血がつながっていると思えていたのだろう。

そのとき俺は明確に肌で感じてしまった。頭で知っていたはずのそのことを初めて感覚で理解した瞬間だった。

久留里は、俺とはまったく血のつながりがない。

そして、そう思ったときによく見知ったはずの妹が遠い存在に思え、俺たちの兄妹関係が俯瞰《ふかん》でくっきりと見えた。

そして、同時に俺は重大な事実に気がついてしまった。

普通の兄妹は、手をつないで登校しない。

ごくごく当たり前のことだった。

それを疑問なくやるのはせいぜい小学校低学年までだろう。実際にそのくらいから俺と久留里の距離感は何も変わっていなかった。しかし、久留里の成長を感じ、見知らぬ少女に見えたその瞬間から、それはものすごく違和感を伴う異常なことになった。

数秒そのまま思考が止まり、俺は急に生まれた感覚に足止めされるようにぼんやりしていた。

やがて、道路を走る車の音や雑多な空気の音が耳に入り込み、我に返った。

久留里は機嫌のいい顔でにこにこしていた。

「……行こう」

「あれ？　コウちゃん、手」

「……つながない」

「え？」

「幼児じゃあるまいし、いい歳《とし》した兄妹は手をつないで登校しないんだ」

久留里は俺のしごくマトモな言葉にぽかんと口を開けた。

「え……えええ～！　突然どうしたの？　そんな法律ないでしょ！　つなごうよ！」

「何をそんなに驚いているんだ」

「コウちゃんがおかしくなった！」

「おかしくないだろ。常識的だ」

「それ私の常識と違うよ！　お兄ちゃんと妹は生まれたときから同じ名字で同じ家。出生の瞬間からすでに夫婦以上の存在なのに……！」

そうだった。入学式前に髪を金色にする奴《やつ》の常識が一般的なものであるはずがなかった。

　しかし、それならばなおさら兄である俺が常識を教えるべきだ。俺たちは仲良く過ごすあまり、気づいたら異常な場所にいたのだ。

　俺の中の〝正しさ〟を求める心が早急に是正を要求している。

　大丈夫だ。久留里もちょうど高校生になったところだし、今後は適切な距離感で兄妹関係を育んでいけばいい。

　俺は高校二年生にして、初めて〝妹離れ〟を決意した。

＊　＊

　妹および新入生の輝かしい新生活が始まったわけだが、俺自身の高校生活は取り立てて愉快なものではなかった。

俺は昨年の入学時からずっと欠席なく授業をきちんと受け、忘れ物もなく、廊下を走ることもしない。成績は上位をキープし、小学生からずっとやっている学級委員を引き受け、生徒会に入り学校のための活動を行い、廊下に落ちているゴミがあれば拾い、壁のポスターが剝がれかけていれば直し、しごく品行方正に過ごしていた。

しかし、周りから見るとどうも俺のそれは真面目で堅すぎるらしい。

周囲にとって俺は、入学時から一貫して〝扱いづらい奴〟という評価のようで、高校に入学してからずっと、俺には親しい友人がいなかった。

二年生のクラス替えは、皆一年のころのクラスメイトや部活での顔見知りがいるため、そこまでの緊張感はない。授業初日の教室はすでに砕けた空気が充満していた。

そんな中、俺は授業の準備を済ませ、一人姿勢よく自分の机に座っていた。

「入鹿《いるか》さん……あのー」

声をかけられそちらを見ると、もさっとした頭の温和そうな眼鏡男子が困った顔で俺を見ていた。

「そ、そこっ、僕の席です！　すみません！」

「あ、すまない」

ぼんやりしていたため、席をひとつ前に間違えていたらしい。俺が移動すると彼はペコペコしながら俺の座っていた席に座った。

同い年のクラスメイトだというのに、すでになぜか敬語だった……。しかも名字にさん付け。この感じはたぶん、留年した先輩がクラスメイトにいるときの感じに近い。

一年のころからずっと、だいたい皆がこの距離感で接してくる。

べつに特別嫌われてはいないが、かといって好かれてはなく、ずっとどこか遠巻きにされている、それが常態だった。

そんなわけで俺には友達がいない。

それでも、俺には仲のいい家族がいるし、級友とバカ騒ぎするのもどうせ性に合わない。

それなりに平和に過ごしていた。これからの二年生も一年生のときと変わらず、こんな感じで穏やかに過ごすのだろうと思っていた。

しかし、その日のうちに超特急で変化の兆《きざ》しが訪れた。

昼休みに教室の入口がざわついているのを感じてそちらを見ると、久留里が立っていた。

「あっ！　コウちゃーん！　いたいた！　お弁当一緒に食べよー」

そう言って大きく手を振っている。俺が気づいて軽く手を振り返すと周りがどよめいた。

「コウちゃんって誰だ」

「……まさか、入鹿さんのことか？」

「いやいや、こんな硬派な人があんな軽そうな子と付き合ってるなんて、それはない」

周りの空気が戸惑っているのを察知して、すっと立ち上がって言う。

「あれは妹だ」

周囲が目を見開き、教室がしんと静まり返った。

しばらくして「妹？」「嘘《うそ》だろ？」「もしかして今、冗談言ったのか？」といった声がそこかしこから聞こえてきた。

「ぜんぜん……似てない」

人々の声の中からそんな単語が聞こえ、なぜか焦《あせ》った気持ちになった。

俺は久留里の近くまで行って肩を抱いた。再度はっきりした発音で音量を上げ、「妹だ」と言うと、久留里も「妹だ！」と言ってピースサインをした手を前に突き出してみせる。

周りが大きくどよめいた。

目立つ。なんて目立つ妹なんだ。

周囲の反応におののいた俺は弁当を手に久留里の腕をひいて足早に教室を出た。

そのまま空いた教室に入り、弁当を広げた。

「わーい唐揚げだ！　あ、コウちゃん私のアスパラとベーコン交換しない？」

「しない。アスパラベーコンはちゃんとセットで食え」

「……ふぇーい……」

「高校生活はどうだ？」

「すごく楽しいよ！　友達もいっぱいできそう！」

「それはよかった。それでな、久留里《くるり》……」

「なに？」

「……もう少し……」

目立たないようにしてくれ、と言おうとしたが、思い直す。いや、こんな髪色をしている奴に目立つなというのは無理がある。そしてたとえ髪色が普通であろうとも、こいつは顔立ちと性格だけで十二分に目立つタイプだ。あまり目立ってほしくない気持ちは正直あったが、久留里には久留里の高校生活がある。妹が高校生活を楽しむことを、俺の平穏のために自粛しろとは言いたくない。

「コウちゃん、もう少しなに？」

「なんでもない。とりあえず……授業だけは真面目に受けろよ」

「はあい」

昼食を終えて教室に戻ると、周りがざわざわと話していた。

「見た？」「妹」「入鹿」などと言葉の断片から内容の想像はつく。さっき教室にいなかった奴まで俺を見てコソコソと話している。

入鹿久留里は、俺の派手な妹はとても目立つ。

止めようもなく、またたくまにその情報は広まっていく。だが、誰一人として俺に直接何かを言う人間はいなかった。ヒソヒソ声だけが聞こえてくる。緩い地獄だ。

「入鹿くん」

声をかけられて顔を上げると、同じ生徒会執行部に所属している渡瀬詩織《わたらせしおり》がそこにいた。

彼女は眉目《びもく》秀麗、成績優秀、品行方正の三拍子が揃《そろ》った優等生で、スラッとした体軀《たいく》に艶《つや》やかな長い黒髪と涼しげな瞳の美人だ。

「今日は生徒会の定例会よ。忘れていないかしら」

とても高校生とは思えないしゃべり方だが、渡瀬だと不思議としっくりくる。

「ああ。もちろん行く」

「よかったわ。今日は選挙の打ち合わせがあるから、万が一にも忘れていたらと思って確認したの」

彼女は冷たくそっけない声音でそれだけ言うと、さっと身をひるがえした。

べつに挨拶をするからといって友人なわけではない。

砕けた世間話をしたことなどは一度もなく、さほど親しくはなかった。そもそも渡瀬は友人などという気安い人間関係を作らないだろうと思わせる高潔さがあった。女子でも仲のいい友人がいるようには見えない。あまりに隙がないので周りも萎縮してしまうのだ。一度だけ、女版入鹿と言われているのを聞いたことがあるので若干俺と似たタイプではあるのかもしれないが、単に孤立している俺と違って彼女は本物の孤高だろう。

そんなことを思っていると立ち止まった渡瀬が振り返って、口を開いた。

一瞬だけ口をぱくぱくさせたあと、声を出す。

「同じクラスになれて光栄だわ。これからよろしく」

「ああ、よろしく」

渡瀬の背を見送ってから俺も立ち上がり、定例会へと向かった。

生徒会室は校舎の離れにある独立した建物だ。校舎含め市の重要文化財に指定されているそこは鶴苑城《つるぞの》の元茶室だったらしい。教室のある校舎と違い、さほどの改装もされておらず、和の趣をまだ十分に残している。

扉を開けるとそこにはもう大部分の生徒会役員が揃っていた。

「入鹿来たぞ。始めるか」

「大神《おおがみ》会長がまだなので待ちましょう」

渡瀬が先ほど言っていた通り、今日は五月末にある生徒会選挙のための会議の日だった。

俺は前回の会議で生徒会長への選出が決まっていた。わが校はそこまで生徒会の権力は大きくないし、ほとんどの生徒たちはさほど興味がない。だから執行部内で決められたそれは大概そのまま決まる。それでも、だからこそ選出は慎重に話し合って決める。普段はふざけることもある生徒会執行部は少しだけ緊張感に満ちていた。

その最中だった。

「コウちゃんいますかー」

間延びした声と共に金髪の女子が入ってきたことに、全員が口を小さく開けて黙った。

俺は眉間を押さえてため息を吐《つ》いた。

「すまない……俺の妹だ」

「入鹿の？」

「嘘だろ⁉」

また周囲がざわめき、久留里は「コウちゃん、すまないって何⁉」と言い口を尖《とが》らせた。

そんな中、渡瀬がすっと立ち上がった。

入口まで行き、久留里に向かって涼しいほどの真顔で言う。

「ごめんなさいね。今、大事な会議中だから出ていってくれるかしら?」

渡瀬はそこらの頼りない教師よりよほど威厳がある。持って生まれた、人の上に立つ強者の風格があるのだ。渡瀬に注意されたら大抵の奴《やつ》はたじろぐだろう。

しかし、そんなものをまったく意に介さない人間も世の中にはいる。俺の妹だ。

「え、やだー」

渡瀬が頬をぴくりとひきつらせた。

「生徒会って一年も入れるんでしょ。コウちゃんいるなら私も入る」

ぐいぐいと入ってこようとする久留里を渡瀬が入口で制止する。

「その話はあとで聞くから、今は出てなさい」

「やだやだ! 兄妹《きょうだい》なんだから一緒にいる! ていうかお前誰だー!」

久留里は渡瀬から逃げるように俺の座っている背後に来た。

渡瀬も呆《あき》れた息を吐いてからこちらに来て、俺の肩にぽんと手を置いた。

「入鹿くん、なんとかしてもらえるかしら」

「あーっ‼ 馴《な》れ馴れしい! コウちゃんに触らないで! 汚れる!」

「汚れるとは何よ!」

「ダメダメダメー!」

これはいけない。慌てて立ち上がって久留里の襟首を捕まえて制止する。久留里はリードを引っ張られた犬よろしくキャンキャンと猛然と渡瀬に向かって喚《わめ》いている。

「すまない渡瀬。久留里は昔から俺が女子に触られるのを嫌がるんだ」

「昔からってあなた……なんてモノを野放しにしてんのよ！　ちゃんとしつけなさいよ！」

「ムキー！　失礼すぎる！　ひとを動物みたいに！　離れろ！　コウちゃんと一メートル以上距離を取れ！」

「キイ！　この……バカ妹！　出てけって言ってんのよ！」

「ブッブー！　あなたの妹じゃありませー……ぎゃあ！　やめれー！」

強引に引っ張って外に追い出そうとした渡瀬に久留里がバタバタと暴れたので軽い揉《も》み合いに発展した。周りが声を上げて騒然とする中、書記の小川《おがわ》先輩が叫んだ。

「誰か止めろ！　渡瀬は少林寺拳法の使い手だぞ！」

なんだそれ初耳だぞ……。

慌てて久留里を取り押さえにかかる。

「入鹿《いるか》くん、下がってて！　一撃でしとめるわ！」

「いや、俺の妹を一撃でしとめないでくれ！」

「へぐぅ！」

渡瀬はとても少林寺とは思えない絞め技で久留里の息の根を止めにかかった。慌てて久留里を引きはがそうとするが久留里は久留里で苦しみながらもバタバタ暴れて必死だ。

久留里のぶんまわした手が俺の顔面に命中した。

「痛い！　久留里！　やめろ！」

「ぎゃあーコウちゃん！　コウちゃん！　殺されるー！」

「殺しはしないわよ。この歳《とし》で犯罪者にはなりたくないもの」

「渡瀬も落ち着け！　みんな、引き剥がしてくれ！」

久留里を押さえつけるだけでいっぱいなので、渡瀬を取り押さえてもらおうと叫ぶ。

唖然《あぜん》として眺めていた部員たちがはっとしたような顔をしたが、動かない。

「何やってるんだ！　早く！」

「怖いです‼」

「僕も！」

「俺も！」

「勝てる気がしない！」

「いや、勝たなくていいから押さえてくれぇぇ！」

ようやく動き出した周りが数人がかりでなんとか二人を引き剝がし、キャットファイトは沈静化した。

しばらく、部室は静かだった。ただ、複数のハァハァという荒い息だけが響いていた。

ここは生徒会執行部じゃなくて柔道部だったのかと錯覚しそうな汗くささだった。

いつの間に来たのか、現生徒会長の大神先輩が入口付近に立っていて、腕組みしながら細い目をさらに細めていた。

大神先輩はとても高校生には見えない。いくら丁寧に剃《そ》っても夕方には髭《ひげ》が伸びるらしく、昼休みには手洗い場でマメマメしく髭を剃っている様がよく目撃されている。しかし、その時間も今日はなかったらしく、現在彼の顎回りは青々としていた。将来的にサンタになれるタイプだろう。

大神先輩が重々しく言う。

「……入鹿は生徒会長、渡瀬は副会長への選出だったな」

「はい」

俺と渡瀬が姿勢を正し、頷《うなず》いた。

大神先輩は眉間を押さえ、はーと息を吐いた。

「……大丈夫だろうか……」

わが校の未来に不安を覚えた彼の声が響いたが、周りはしんとしただけだった。

「なぁ！　大丈夫だろうか！　皆はどう思う⁉」

彼は目を見開いて、今度は大きな声で問いかけた。しかし、正直なところやりたくない勢が多く、皆会長と目を合わせようとしなかった。

「かいちょー、私やる気満々なんですけど、生徒会入ってもいいですか」

「駄目に決まってるじゃない！」

渡瀬の返答に久留里《くるり》が唇を尖らせる。

「あなたにはきーてませーんー！」

「こ、この生意気なコムスメがぁ！」

日常でおよそあまり聞かないフレーズを魔女のごとく吐き出した渡瀬が再び気色ばんだので、周りが慌てて取り囲んだ。渡瀬、意外と血の気が多い。

＊久留里と家族

私は、自分の家族が大好きだ。

パパの入鹿四郎《しろう》。警察官をしている。見た目は熊のようにいかついけれど、いつも穏やかで優しい人だ。基本冷静だけど家族のことになると、取り乱すこともある。そんなところも素敵な父親だ。

ママの入鹿葉子《ようこ》。美人なのにドジで可愛《かわい》くて、すぐに弱音を吐くから放っておけないのに、ちゃんとしっかりしたお母さんなところもあって、やっぱり大好きだ。ママの著作のエロ漫画はこっそり全部読んでいるけれど、どれもドラマチックでエロくて最高だ。ママのことは密《ひそ》かに天才だと思っている。

妹の入鹿四葉《よつば》。あまりおしゃべりな子ではないけれど、たまに見せる笑顔なんて太陽系が爆発しそうに可愛いし、誘拐されないように毎日気をくばっている。なんでもしてあげたくなる。

そして、兄の入鹿光雪《こうせつ》。コウちゃんは、私の大好きなお兄ちゃんだ。

コウちゃんは小さいころから、遊んだ公園にゴミが落ちていれば鞄《かばん》からビニール袋を取り出してすっと拾っていく人だった。

小、中学校時代からずっと、筋金入りの優等生。学級委員、班長、部長などの各責任職を必ずといっていいほど引き受け、無遅刻無欠席で成績は常に上位。朝はゴミを拾いながら近所を走り、放課後には小一から通っている剣道場に通い、その帰り道には息をするように人助けをしている。

そんなコウちゃんは私にとって格好いい正義のヒーローであり、替えの利《き》かない大切な存在だった。

私は元来、公園にゴミがあってもわざわざ拾おうと思わない人間だ。なんとなく、自分の捨てたものじゃなければ関係ないかなって通り過ぎる。

でも、コウちゃんはそれをぜんぜん面倒そうにはしない。なんの得にならなくても、ごく自然にそうする。それがすごく格好よく見えたから一緒になってそれをやると、なんだか楽しいことが増えた。誇らしいような気持ちにもなれた。

正義感も強くない、社会規範などもあまり気にしない、どちらかといえば不真面目な私が道を踏み外さずにまっとうでいられるのは間違いなくコウちゃんの影響だ。

私は昔から大好きなコウちゃんの後をいつもちょろちょろとついてまわっていた。

追いかけて入学した高校でも、コウちゃんはやっぱりいつも通り成績優秀、学級委員で生徒会所属、品行方正だが、やや真面目すぎる堅物として名を馳《は》せていた。

コウちゃんは私が目立つと思っているようだけれど、実際はコウちゃんのほうがよほど目立っているし、私が早々に校内で有名になってしまったのはコウちゃんの妹だからだ。

本人はまったく自覚していないようだけれど、密かに人気もある。

みんな話しかけにくいだけで、コウちゃんと仲良くしたい人間はたくさんいる。

けれどコウちゃんは真面目で堅すぎるその性格ゆえに人と打ち解けることを苦手としていて、いつも友達がいなかった。

だから彼を正確に理解して愛するのもまた、ずっと私たち家族だけだった。

家族だけはずっと、ほかの人がなかなか仲良くなれないコウちゃんの特別な存在だった。

私はコウちゃんの特別な存在である『家族』に生まれたことに誇りを持っていたし、なんなら優越感だって抱いていた。

第二章　兄妹《きょうだい》関係の修正

四月も半ばに入り、緊張していた新入生たちも少しずつ高校生然としてきていた。制服の着崩し方や、騒ぎ方も少しずつ遠慮がなくなってきている。

一年二組に所属するわが妹も、学校に対する緊張などはもはや微塵《みじん》もなく、久留里はその物おじしなさと人懐《ひとなつ》っこい性格で友人や知人や顔見知りを大量に作っているようだった。見かけるたびに違う顔と話している。久留里は何しろ顔がよく目立つ。そして人を惹《ひ》き付ける明るい魅力があった。黙って待っていても友人候補は絶えない。

そして、二年生になってからの俺も、クラスメイトや他クラスの生徒に話しかけられることが飛躍的に増えた。

「入鹿くん！　妹さんがポップコーンを作ろうとして理科室がポップコーンまみれになってる！」

「わかった！　すぐ行く」

「入鹿！　お前の妹が授業中に脱走したぞ！」

「はい。すぐ見つけます！」

「入鹿《いるか》さん！　妹さんが体育館裏の樹《き》から降りれなくなってます！」

「猫か‼」

「入鹿くん、妹さん紹介してもらえないかな。めちゃくちゃ俺好みで」

「断る！」

「そんなこと言わずにお義兄《にい》さん！」

「誰がお義兄さんだ！　帰れ！」

話しかけられるときはだいたい久留里絡《がら》みだった。そのたびに駆り出されている。

しかし、家族なのだからそこは当然だし、仕方のないことだ。問題は、俺が決意した兄妹の距離感を修正するどころか、振りまわされてそれどころではないことだ。

相変わらず久留里の『甘え』は激しい。元々甘えん坊の化身のような妹ではあったが、最近は異常さを認識したゆえに特に過剰さを感じていた。

とにかく距離感が、近すぎる。

「あっ、コウちゃん！　そこにいた！」

久留里は休み時間の半分くらいは二年生のフロアに来て俺を捜し、見つけるとまず、駆け寄ってきて「兄分補給」とかなんとか言いながらきゅっと巻きつく。そして、抱き着いたままふんふんと犬のように匂いを嗅ぐ。それがすむと顔を上げて嬉《うれ》しそうにぱーっと笑う。手もすぐに握ってくるし、ぐっと背伸びして近づけられる顔面距離もいつも異様に近い。

「コウちゃん今日のお弁当何？」

「開ければわかるだろう……春巻きと唐揚げとチーズとミニトマトと玉子焼きだ」

「えっへっへ。結局教えてくれるコウちゃん好き。大好き」

久留里は抱き着いたまま笑顔で再びグリッと頭を擦《こす》り付ける。飼い主が帰宅したあとの犬のような動きで甘えてくるが、本体は美少女女子高生だ。近くにいた見知らぬ男子生徒たちがびくっと体を揺らしてからヒソヒソと話しているのが聞こえてくる。

「おぉ、校内でよくもまあ、あそこまで堂々とイチャつけますなぁ」

「いや、よく見ろって。あれ入鹿兄妹《きょうだい》」

「あ、本当だ。なーんだ……ブラコンのか」

バッとそちらを向いて言う。

「陰口は！　聞こえないように！　しゃべってくれ！」

叫ぶと男子生徒たちは蜘蛛《くも》の子を散らすようにいなくなった。

多くの生徒たちの間で入鹿久留里の力強いブラコンはまたたくまに広がっている。現在進行形で拡散中だ。現状は久留里の甘え引っ張りにより、俺の持っていきたい正常な方向とは真逆の向きにことは進んでいた。

久留里はなおも巻きついたまま、上目できょとんと見上げてくる。

「久留里、校内であまりベタベタくっつくな」

「え？　べつに何したっておかしいことないよ。兄妹なんだから」

「よくない。普通じゃない」

「世間ではお兄ちゃんと妹はごく普通に抱き合ってキスとかするものらしいよ。うちは仲のよさが足らないくらいだよ」

「一体どこでそんな恥知らずな世間を見た」

「ママの漫画」

「読むな。だいたい、そこには普通の世間の兄妹は一組も出てこない」

普通の兄妹はこんなにベタベタしない。俺はもっと適切な距離感にしたいのだ。

逆になぜ俺は今までこの距離感に疑問を抱かなかったのか？　そっちが不思議になってくる。久留里とは小さいころから仲がよかったので、最近までは本当に気にしていなかった。しかし、人は急に大きくなるわけではない。徐々に成長したことにより気にし始めるタイミングを得られず……本来なら中学ごろに自然と置かれるはずの距離がうまく空かなかった。毎日使っている鞄を置いて一週間旅行に出て帰ってきたら、えらく汚れてくたびれていることに気づく。おそらくそんな現象だ。

「コウちゃん頭痛いの？　薬飲む？　一緒に保健室行く？」

「いい……もう教室に戻れ」

「うん。またね」

久留里《くるり》は走っていった。そして途中で振り返り、大きくブンブンと手を振る。

小さく手を振り返し、ため息を吐《つ》いた。

「入鹿くん、次音楽室だよ。急がないと遅れるよ」

近くの廊下を歩いていたクラスメイトの女子二人が、くすくす笑いながら教材片手に教えてくれた。

「ありがとう」

礼を言って教科書を取りに教室に戻った。

最近周りが俺に対して気安くなった気がする。一年のころはやたらと遠巻きにされていたので、悪いことばかりではないが、小馬鹿にされている感もある。煙たがられ、怯《おび》えられるよりはマシだが戸惑いはものすごくある。なんなのだ。この感じは。

俺の高校生活が、久留里に侵食《いもうと》されていっている。

＊　＊

「入鹿くん？　大丈夫？　今日生徒会の集まりよ」

放課後、疲れ切って机に突っ伏していると声をかけられ、顔を上げると渡瀬《わたらせ》だった。

「一緒に行きましょう」

珍しく渡瀬に誘われて、二人で定例会の行われている生徒会執行部の部室へと向かう。

「同じクラスなんだし……」

「え？」

急に何の話だろう。前後の脈絡がなくてよくわからない。

「私たち、同じクラスだから、一緒に行ってもおかしくないわよね？」

「…………そうだな」

返事をすると渡瀬は目を細めて小さくほっと息を吐いた。

「そういえば、休み時間に見たけど……また妹さん二年のフロアに来てたの？」

「迷惑をかけてすまない」

「そういうことじゃなくて……心配してるのよ。妹さん、プチストーカーみたいになってない？　大丈夫？」

「……アレは……なんというか、大丈夫だ。ああいう妹なんだ」

「昔から？」

「ああ。小学校のときにも、俺のクラスに入り浸り、チャイムで戻ったかと思ったら欠席の奴《やつ》の席に座ってしれっと授業を受けていたことも一度ある……」

「すごいわね。でも少し控えてもらったら？　もうすぐ生徒会選挙もあるんだし……色々慎んでもらわないと」

「それはもっともだが……」

久留里は二年の教室でも堂々と昼飯を食べようとする。

禁止はされていないが、なんとなく普通はやらない、そういったことを久留里は平気でやる。そして学校というものは異端を排除し、個性を消して横並びにしようとする傾向がある。ちょっとした輪の乱れがあっというまに伝染して広まるのもまた学校というものの特性だからだ。渡瀬が苦言を呈したくなるのもわかる。

「しかし……アレに何か言って止めるのは……なかなか……とても難しいんだ」

「入鹿くんでも……？」

「あぁ……あいつは自由なくせに頑固だから、言い方を間違えると逆に悪化する。今は入学したばかりだから、もう少ししたら多少落ち着くと思うんだが……」

「……私、説得しようか？」

「乱暴はやめてくれ。大事な妹なんだ……」

「どういう意味よ……穏やかな説得よ」

「いや……ありがとう。俺がなんとかする」

渡瀬が血の気が多いことを知ってしまった俺は彼女に助けを求める気にはなれない。

そんなことをした日には火に油どころか石油とガソリンも追加で注ぐ結果にしかならないのが目に見えている。いや、そもそもが久留里のことに関してクラスメイトに助けを求めるという頭がなかった。あれは妹だ。だからこれは家族の問題なのだ。

生徒会室に入ると久留里はちゃっかり中にいた。

部員と茶菓子などをつまみ、久留里を中心とした輪には男子も女子もいて、和やかに談笑していた。ついこの間入学したというのに、俺よりよほど打ち解けている。これは、確実に居座ることになるだろう。

「好きなタイプは、年上で真面目な人かなー」

部員と話していた久留里が元気に言ってから俺に気づいた。

「あっ！　コウちゃーん！　会いたかったよー！」

「ゲフウ」

久留里が思い切りタックルしてくる。その勢いに、隣にいる渡瀬が頬をひきつらせたが、ほかの部員たちはもう慣れたのか、特に反応も突っ込みもない。慣れないでほしい。

久留里は俺に張り付いたままで上目でくりんと渡瀬を見た。

「渡瀬先輩もお菓子食べる？　色々持ってきたよ」

「いらないわ」

「先輩無類のあんこ好きってさっき聞いたけど……すごくおいしいのあるよ」

「……どれ？」

「こっち来て。幻の大福なんだって！」

「えっ、まさかあの入手困難な、『すたー☆まんじう』の？」

「先輩知ってたの？　さすが！」

渡瀬がわりと簡単にペースに呑《の》まれた。彼女の持っていた何かがあんこに簡単に負けた。

最近渡瀬がイメージよりだいぶ単純な女だということがわかってきた。久留里のほうも、短気ではあるが基本的に根に持たず人懐《ひとなつ》っこいタイプだから打ち解けやすい。初対面では一触即発だったが、意外とこれで問題ないかもしれない。

そんなことを思っていると、久留里が巨大な大福を手に俺の前に戻ってきた。

「はい。コウちゃん、あーん」

俺は無言で首を横に振った。

久留里が再度大福を俺の口元に差し出してくるので今度は手を差し出した。

「……あーん」

「自分で食える」

拒絶すると久留里の表情がムッとしたものに変わった。ムキになってしまった。

「コウちゃん、口開けて！」

「ふァガもっ！」

久留里が馬鹿でかい大福を俺の口にぎゅうぎゅうに詰め込んでくる。やわらかなそれは口の中をいっぱいに圧迫して噛《か》みにくく、呼吸が塞がれた。勢いよくむせこむ。

「ちょっと、入鹿《いるか》くんが窒息しちゃうでしょ」

慌てた渡瀬が苦しんでる俺の背中をさすろうとした。

「あっ！　そんなこと言ってすぐ触ろうとする！　駄目だってば！」

「ちょ、ちょっと……人をスケベ親父《おやじ》みたいに言わないでくれる⁉」

「触っちゃダメだってば！」

「ふん。そう言われると触りたくなるわ」

渡瀬が無意味に俺の腕を抱きしめるようにした。

「だ、駄目！　ダメダメ！」

久留里が慌てて引きはがそうとするが、かっちりと摑《つか》んでいて離れない。久留里は顔を赤くさせ、うがうが言いながら必死だった。

妹よ。ここまでくだらないことで半べそにならないでほしい。口の中に大福を詰め込まれて必死に呼吸をしようとしている俺のほうがよほど真剣に涙目なのだ。

「ああもうやだってばー！　ベタベタしないでよう！」

これは確実にベタベタではない。絶対何か絞め技をかけられている。その証拠に、ちょっと肩と首が痛い。

「ふぉまえら！　やへほ！」

解読しにくい叫びでなんとか制止を希望すると、渡瀬がはっとしたように離れた。

「ご、ごめんなさい……」

なぜか渡瀬のほうがしゅんとしてしまった。あまり見ない姿に戸惑う。ほかの部員たちも目を丸くしていた。

久留里を睨《にら》むと最初は気丈に睨み返してきたが、やがてがっくりとうなだれた。

「うう……ごめんなさい。今度はちぎってから口に入れる……」

ぜひそうしてほしいが、そういう問題じゃない。

帰り道で久留里にこんこんと説教をした。まずは大福が凶器や死因になる可能性について。それからもっと社会規範を尊重する必要性についてだ。とはいえ久留里は頑固で短気だ。あまりきつく言うとへそを曲げる可能性がある。遠まわしにやわらかく伝えていた。

「とにかく……もう少し落ち着いて過ごせないか？」

粥《かゆ》のようにやわらかめに伝えたが久留里は口を尖《とが》らせる。

「えー、私、落ち着いてるよ？」

「……そうか？」

じっとりとした目で見つめると、久留里は少し決まりの悪そうな顔をした。

「そりゃあ、髪の色を派手にはしたけど……生徒会にも押しかけてるけど……あとは校内でコウちゃん見るたび挨拶してるだけだし」

「授業中に脱走してただろ」

「あれは、窓から見える人通りの少ない道で一人で歩いていたお婆《ばあ》さんが転んだんだよ。心配になって見にいった」

「いい歳《とし》して樹《き》にも登ってただろ……」

「仔猫《こねこ》が下りられなくなってたんだもん！」

「お前は少女漫画のヒーローか！」

「みんなコウちゃんを見習ってやったことだもん……放っておけなかった」

「どさくさ紛れに美談にしようとしてるが、俺は理科室でポップコーンは絶対作らないぞ」

「あれは友達とふざけてやったけど……そんな極悪なことしてないと思う」

「二年の教室にも来すぎだ」

「えー、それは、私ばっか言われるけど、私以外にも訪ねてる子たくさんいるって」

「ううむ」

確かに、久留里《くるり》が悪目立ちしているのは行動ばかりではない。単純に、容姿が周りの目を惹《ひ》くのだ。アイドル性と言い換えてもいいかもしれない。だからちょっとしたことでも騒ぎ立てられる。

「そうじゃない人もたくさんいるかもだけど……私は学校とか、家じゃない場所で家族を見かけると安心するし嬉《うれ》しくなっちゃうんだよ」

「それは少しわからんでもないが……」

「私の喜びわかってくれた？」

「嬉しいのはわかったが、少しでいいから節度を持て」

久留里は「え～」と不満な声を上げ、眉根を寄せて困った顔をした。

「それにさ、ブラコン認定されてるから、あんまヘンなのが寄ってこないんだよ。すごく助かってる」

「ああ……」

高校生ともなると色気づいた人間も多い。加えて俺の妹は宇宙レベルの可愛《かわい》さなので、性格にだいぶ難があろうとも当然モテるだろう。久留里のブラコンムーブは近寄ろうとする軽薄な男子生徒の虫除《むしよ》けとして機能しているらしい。俺だって可愛い妹に妙な虫が寄っていくならば全力で排除する。それを兄を使って自衛しているのはむしろ感心なことだ。

「そう言われると……何も言えないな」

「にしし。コウちゃんのそゆとこ好き。そゆとこじゃないとこも全部好き」

なんとなく、うまく乗せられた気がしなくもない。そして、結局何も諫《いさ》めることができなかった。

＊　　＊

問題は高校の中だけではない。久留里は妹だ。妹は当然家に帰ってもいる。

「あっ、コウちゃんが料理してる！　今日コウちゃんご飯なの？」

「ああ、今日は母さんは仕事で手が離せなくて父さんも遅く……おい巻きつくな！　包丁を使ってるんだぞ！」

「コウちゃんのご飯久しぶりだね」

「やめろ。しがみつくと、手を切断する」

「お兄のごはん」

久留里が背中にしがみつくと、一緒になって四葉《よつば》もしがみついてくる。

ガタガタガタガタ。包丁を持つ視界が揺れる。危険極まりない。

「ご飯ご飯……！」

「ごはんー」

「二人とも邪魔だ！　向こう行ってテレビか動画観《み》てなさい！」

「はーい」

叫ぶと妹たちがトタトタとリビングへと消える気配があった。

両親が特に忙しいときだけ、俺が夕食を作っている。

今日は白米に大量の豚バラ大根と、葱《ねぎ》と油揚げの味噌汁《みそしる》。それに母が作り置きしていたにんじんの胡麻和《ごまあ》え、胡瓜《きゅうり》の漬物だ。

もちろん母のほうが圧倒的に手慣れている。俺は失敗なく簡単に作れそうなものを選んでしまうため、レパートリーに乏しい。今日は母の作り置きがあるが、いつもは一品で終わりがちだ。なんとなく、料理に関して漠然とセンスのなさを感じている。

それでも妹たちはいつもニコニコしながらうまそうに食べてくれる。

久留里が味噌汁を飲み込んでほぉと息を吐く様や、四葉の頬がもぐもぐと膨らんでいるその丸みを見ていると幸福な気持ちになる。両親も助かると言って喜んでくれる。俺は家族のためになることに一番に充足感を感じる。

食事を終えてテーブルを片付けていると四葉がこそこそと出ていこうとする。

「四葉、どこに行くんだ」

「アイス……買いにいく」

午後七時。小学三年生になりたて。夜に一人でコンビニに出るのが許容範囲かどうかは家庭の方針や子どもの資質によって判断が微妙に分かれるところだが、家は一番近いコンビニでも徒歩十分はかかる。加えて四葉は年齢よりもだいぶ幼く見える。なるべくなら誘拐犯や変質者が活発になる時間に外に出したくない。

「俺があとで買ってきてやるから」

「でも……選びたいし」

四葉が口を尖らせたそこに、久留里がぱっとカットインした。

「私も食べたいから、四葉、一緒に行こう」

「お姉……好き」

「わ……私も四葉好き……だいしゅき！　アイスも好き！」

久留里がデレデレした顔で四葉をぎゅうぎゅうと抱きしめる。

「久留里が一緒に行くと余計なものまでたくさん買うだろ。戸棚に入ってる食費はお菓子代じゃないんだぞ」

「そんな言うならコウちゃんも一緒に行けばいいじゃん」

四葉をぬいぐるみのようにぎゅうと抱きしめた久留里が言うと四葉はこくこくと頷《うなず》き、結局三人で家を出ることとなった。

日が暮れて焼き魚やカレーの匂いが漂う住宅街を抜けて、コンビニを目指した。

横断歩道の前で四葉が俺に手を差し出してくる。

「お兄……手」

「え、ああ」

保育園のころから車の通る道を渡るときは手をつなぐようしつこく言っていたので、少しだけしっかりしてきた今もまだ名残が抜けない。

四葉と手をつなぐと、なぜか反対の手を久留里が握った。

四葉とつなぐのは自然なのに、久留里だと違和感がある。当たり前だ。年齢がぜんぜん違う。しかし、片方だけを拒絶するのは差をつけているようで少し可哀《かわい》そうに感じられる。

そう思って久留里を見た。

久留里はこちらを窺《うかが》うように見ていたが、目が合うと、してやったりというように、にまーっと笑った。その顔を見て俺は察知した……こいつは今の俺の一連の思考を、わかった上でやっていた。

「てぇい！」

ぱっと手をほどくと「ひぃぃ！」と悲鳴が上がった。

「なんで私だけ離すのー⁉」

「どさくさ紛れに高校生の妹とまでつなぐか！　手つなぎはもう卒業だ！」

「ひー！　年齢差別だよぉー！」

久留里は叫んだが、また俺の手を摑もうとしてくる。それを鮮やかに避け、攻防を続けていると、四葉がいなくなっていた。

「待て。四葉は？」

「え？　あれ？」

見まわすと、目の前のコンビニの店内でアイスを吟味している姿を発見した。

「四葉！」

「四葉、先に行かないでよー」

慌てて店内に入り近寄ると一言。

「……お兄もお姉も遅いよ。もう選んだよ。はい」

四葉は大変大人びた表情でため息を吐《つ》いて、選んだアイスを渡してきた。

帰宅して久留里と四葉が風呂《ふろ》場に行くと、俺は皿を洗い、夕方に取り込んでおいた洗濯物を畳み、それからようやくほっと息をついた。

茶でも淹《い》れて飲もうか……一息つきたい。そう思って椅子に座ろうとしたところ、浴室のほうから声が聞こえてきた。

「コウちゃーん、タオル持ってくのわすれたようー」

「……わかった」

脱衣場まで行くと浴室の扉が開いていて、ちらりと肌の色が覗《のぞ》いていたのでギョッとする。閉めておこうとすると、浴室から声がした。

「あー！　コウちゃん閉めないでよ。空気がこもって暑いんだよ」

人間族の持つべき慎みというものがまるでない。これに限らず久留里は平気で俺の目の前で着替えたりもする。高校一年生の女子として、いかがなものかと思う。

タオルを置いて、ため息を吐いて引き上げた。

家のことをすませ、風呂から上がると今度はリビングに呼ばれた。

「コウちゃんも、小町の新曲のＭＶ一緒に観《み》よう」

画面では久留里の好きなアイドルグループが歌って踊っていた。もう二十回以上見せられている。

俺が座ると四葉が膝に乗ってきて、しばらく三人で動画を観た。

興味がないというのに俺も四葉もメンバー全員の名前と愛称、メンバーカラーと好きな食べ物まで知っている。それどころかデビュー曲から空で歌える。この間は父が髭《ひげ》を剃《そ》りながら鼻歌で歌っていた。家族の影響とは恐ろしいものだ。

歯磨きも終えていた四葉があくびをひとつしたかと思ったら即寝落ちしたので、おぶって寝室に連れていく。

元の位置に戻ると、久留里が先ほどまで四葉のいたポジション、俺の膝の上にしれっと乗ってきた。

「……久留里《くるり》、降りろ」

「コウちゃん妹差別！　私と四葉の何が違うっていうの⁉」

「大きさと年齢だ！　降りろ」

俺は強く要求した。近すぎる距離感を、正すのだ！

即座に「やだ！」とのたまった久留里は、俺の膝に座ったまま、ぐるんと向かい合わせに体勢を変えてきた。おまけに両手を俺の首に巻きつけるようにしてくる。

「コウちゃん」

睨《にら》むように覗き込んでくる顔は恐ろしいまでに整っていた。わずかに潤んでいるように見える大きな瞳に一瞬だけドキッとして、そのことに危機感を感じる。

「久留里……離れろ」

「やだやだ！　兄妹《きょうだい》なのに！　なんでそんなこと言うの！」

「想像してみろ！　たとえば五十歳と五十一歳の兄妹がこの体勢だったら、異様だろ！」

「むううう！　何もおかしくないね！」

勢いよく啖呵《たんか》を切った久留里は俺の首筋にがぶりと噛《か》みついてきた。

「痛い！　何をする！」

「あっ、ごめん……カッとなってつい……」

謝ってから今度は同じ場所をペロペロしてくる。ぬるりとした感触にぞくぞくした感覚が首筋に走った。

「うおっ、舐《な》めるのはやめろ！」

「だ、だって痛いって言うから……」

こんなことで万が一にでも股間が反応してしまったらこの先とうてい生きていけないと焦《あせ》った俺は久留里の脇の下に手を入れ、持ち上げてソファにどかした。

久留里は「うわあー、ひどいひどい」と繰り返しながら大げさにソファに倒れこんだが、しばらくすると動かなくなった。

「久留里、部屋で寝ろ」

「眠くなった……コウちゃんおんぶして……」

もちろん昔は、眠りこけた久留里をおぶって部屋に連れていったこともある。というか、つい最近まで気にせずそうしていた。しかし高校生の妹にはそんなことしないのが普通だろう。

「起きているなら自分で歩け」

「もう寝てる……」

久留里は動こうとしない。

「自分で歩いて部屋に戻って寝ろ」

「前はそんな冷たくなかった」

「昔とは大きさが違うだろ！」

「ちょっと前の話だよ！」

「……あまり眠くなさそうだな」

「………………」

そう言うと久留里は寝たふりをした。立ったままじっと眺めていると、やがて叫んだ。

「うがぁー！　いいよ！　もうここで寝てやる！　秋が来るまで起こさないで！」

「……仕方ないな」

結局俺が折れた。

おんぶの体勢を作ると、眠いと言っていたはずなのにすばやく背中に乗ってくる。

「コウちゃんコウちゃん」

「ゲホッ……苦しい。階段からころげ落ちたくなかったら締め上げるのをやめてくれ」

「だって大好きなんだもん～！」

「眠いんじゃなかったのか！」

「だって仕方なくない？　そもそも妹はお兄ちゃんの後を追って生まれてくるものだからね。妹っていうのはみんな兄のエリートストーカーなんだよ……」

まったく仕方なくないし世間一般の妹族に失礼ですらある。

それでも久留里は眠いのは本当らしく、頭を俺の肩に埋《うず》めて少し静かになった。

とん、とん、とん、ゆっくりと階段を一段ずつ上がっていく。

吐息と一緒に出たような小さな声で久留里が聞いてくる。

「ねぇ」

「うん？」

「……コウちゃんは、私のお兄ちゃんだよね？」

「……そうだ」

なぜ急にそんなことを言うんだろう。隠しごとがある後ろめたさで深読みしてしまう。

一瞬焦ったがすぐに思い直す。いや、こんなことで俺の隠しごとに久留里が気づくはずはない。

今のように折れてばかりではいけない。意思を強く持たなければ。

そう思って俺は再び兄妹関係の修正に奮起した。

大丈夫だ。突然だから今はまだわかってもらえないかもしれないが、少ししたらきっと新しい距離感が普通になるのだ。

翌晩。ソファで本を読む俺の背後に、久留里がにこにこしながらやってきた。

「コウちゃん！」

「なんだ」

ページをめくりながらそれに答える。

「コウちゃんは、私のお兄ちゃんだよね？」

「……そうだ」

「じゃあ今日は一緒にお風呂入って一緒に寝よう‼」

俺は愕然《がくぜん》として振り向き、口を大きく開けた。

なんてことだ……。

懸命に正そうとしているのに、俺の言動に張り合うかのように、なぜか久留里の甘えのほうがパワーアップしている……。

「仲良くお風呂！」

「入らない！　入るわけがない！」

「四葉《よつば》となら入れるんでしょう？」

「……うーん、八歳だしな。もしどうしても必要があればな」

「なんで私はダメ？　同じ妹なのに？」

「高校生の妹だからだ。というか……個人的には弟でも遠慮したいが……普通は十歳くらいを超えたらきょうだいで一緒には入らないだろ」

そう。実の妹であっても。だいたいの家はそうだ。もちろん例外はあるだろうが、だいたいから外れるからこそ例外と呼ぶのだ。ほかの家の内情はそこまで詳しくないが、俺はそう信じている。

「今日は一緒に入りたいなー」

「入らない……入らぬ！」

「なんで殿様みたいになったの？　何も気にすることなくない？　兄妹なんだから」

「風呂は今までも入ってなかっただろ！　なんでそんな距離感がガバガバになってるんだ！　おかしいだろ！」

「おかしいのはコウちゃんのほうだもん！」

「えっ」

「最近……なんか変」

俺が変わったのは間違いない。血のつながりがないと実感したことから兄妹の距離感に疑問を持ち、急に冷静になってしまったのは俺だ。

しかし、それは変になったのではなく、正常になっただけだ。

以前は何ひとつ疑問を持たずに仲良くしていた。もし以前と変わらずにいたら俺は平然と「ああ、いいぞ」とかなんとか言って一緒に風呂《ふろ》に入っていたのだろうか。それはそれで恐ろしい……以前の自分が自分に思えず別人のように感じられる。

俺は結局適当にごまかして自室に逃げこんだ。

思う方向にならない。それどころか異常さが酷《ひど》くなっていく。俺の糞《くそ》真面目な精神が、正したいことを正せないがゆえに唸《うな》りを上げ、ストレスがたまってきていた。

俺は机の引き出しを開け、タブレットを出した。

そして無心になって絵を描き殴った。

名前は桧山真琴《ひやままこと》。

野球部のマネージャーをしながらキャプテンにひっそりと片想《かたおも》いをしている男勝りなショートカット巨乳の子。そしてこれは部室でこっそりキャプテンのユニフォームを抱きしめていたら誰か来た瞬間の絵だ。

＊　＊

生徒会選挙の日が近づいていた。ほとんど形式だけのものではあるが、気が引き締まる。

その朝、久留里は部活があると言って先に家を出ていった。

そして俺が着いたとき、学校には異常な光景が広がっていた。

校舎中に俺の顔写真付きのビラが貼ってあったのだ。

「なんだこれは……」

俺の心をそのまま出したかのような声がしてそちらを見ると、生物の岡田《おかだ》先生だった。

「入鹿《いるか》、選挙活動に熱心なのはわかるが、決められた場所以外に貼るのはよせ」

「いえ、俺が貼ったわけでは……」

「そんな気はしてたんだが……じゃあ誰が」

腕組みして二人で考え込んだがそんなことをしても犯人はわからない。とりあえず、ビラを剝がしてまわった。しかし、量が多く、その上剝がした場所に新たに貼られていることもあり、なかなか全部剝がしきれなかった。

休み時間になって、再び剝がしてまわっていると、久留里が駆け寄ってきた。

「コウちゃん！　私のビラを剝がしてまわってる奴《やつ》がいるんだよ！　これは選挙妨害……あれ、何やってるの？」

「剝がしている」

「なんで？」

「決められた場所以外に貼ってはいけないからだ」

顔を上げて見た久留里《くるり》は『入鹿光雪《こうせつ》を生徒会長に！』と書いてあるタスキを肩からかけていた。

「お前だな……」

「え？　私だよ？　何が？」

「そんなことはしなくていい……しかもこれ！　このデザインだとどう見ても俺が賞金首だ！」

「あ、そうかな？　ほんとだ。あははははっ！」

久留里はツボに入ったらしく笑い転げている。

「あと、身内といえども生徒会でない人間が公に活動をするのはいかがなものかとの声も上がっている」

「えー、そんな声を上げるのはどこのどいつ？　なんて嫌な奴なんだ！」

「そういう話はしてない！」

大神《おおがみ》先輩のところに相談に行くと、廊下の水道で髭《ひげ》を剃《そ》っていた。

「ああ、うん、このビラか、見たよ。デザインがちょっとよくないよなぁ」

大神先輩はしげしげとビラを眺めながら評論する。

「この写真もちょっとだけ極悪人みたいだし……写りのいいのはなかったのか？」

ちょっとだけ極悪人…… 〝ちょっとだけ〟とつければなんでもマイルドになるわけではないことがよくわかる。

「すみません。うちの妹がやりました」

「うん……」

大神先輩は俺の背後にいる久留里をちらりと見て、深く納得したように頷《うなず》いた。

「でも、いいんじゃないかな」

「え？」

「うちの二年はお前と渡瀬《わたらせ》以外はよくも悪くも控えめで覇気がないだろ？　こうやって、積極的にやってくのは悪いことじゃない」

「しかし、部外者が……」

大神先輩はタオルで顔を拭くと教室に入り一枚の紙を取ってきて渡してきた。

「ちゃんと生徒会に入ればいいだけだろう」

久留里がシュパッとそれを受け取った。

「こ、これで……公的に私がコウちゃんを思う存分に応援してもいいんですね！」

「本当に大丈夫ですか？　先輩？　いいんですか？　先輩⁉」

「……うん。まぁ、そこらへんは、お前が手綱を握って……」

「わーい！　先輩ありがとう！」

この暴れ馬の手綱を握って、一緒に崖から落ちたりしないだろうか……。

そんな不安な気持ちでわが妹を見る。そこには不安を煽《あお》るような満面の笑みがあった。

「コウちゃん！　私、頑張るからね！」

なぜだろう。あまり頑張らないでほしい。そんな気持ちが視線に表れていたのかもしれない。久留里が眉根を小さく寄せた。

「私……コウちゃんの役に立ちたいんだよ」

はっとした。

久留里の動きはまっとうではないにしても、その言葉に嘘《うそ》がないことはわかっている。

久留里の危ういセンスの張り紙は、それでも写真の部分以外はすべて手書きだった。その一生懸命さだけは評価してやりたい。

「いや……ありがとう」

「どういたしまして！」

久留里がぱぁっと顔をほころばせて嬉《うれ》しそうに笑った。そしてまた、くっつこうとしてくるそれを俺は引きはがした。

「ムガァ！　なんでー！」

久留里のことが嫌いなわけではないし、妹として可愛《かわい》く思う気持ちはある。なんだかんだ自分のためにここまで一生懸命になってくれる人間はほかにいない。頑張ってくれた気持ちに対しては甘やかしてやりたいような気持ちもある。

しかし、異常さから脱出するために距離を置くべきという気持ちもきちんとあって、その狭間《はざま》に俺の心は揺れた。

家族は大事だ。大事な存在だ。しかし異常だ。普通じゃないのだ。正すべきだ。

そしてその日、俺の絵がまたひとつ増えた。

鴻上絵梨《こうがみえり》。お嬢様育ちの彼女が初めて一人で屋敷《やしき》を抜け出して買物に出たその日のイラストだ。自動販売機で炭酸を買おうとドキドキしながら財布から出した小銭を持って構えている。俺はイラストと同じ表情をしながらそれを描き上げた。

創作というのは不思議なもので、たくさん描いていくとだんだん自分でも知らなかった自分の嗜好《しこう》が浮き彫りになってきたりする。

俺の描く絵は並べて見るとすべて設定上弟か妹がいる。つまり、姉だった。

どうやら俺は現実に存在しない『姉』への憧れを抱いているらしい。それも、そういった姉キャラが、狼狽《ろうばい》していたり、戸惑っているシチュが多い。自分のフェチやヘキが見えてくる。

反対に妹キャラはまったく描く気がしない。創作にはある種のリビドーが不可欠だ。妹は現実にいるから、萌《も》えられないのだ。そういったリビドーを込めて描いてはいけないような気さえしている。

＊久留里の違和感

私の最近の小さな悩みのひとつとして、兄が妙によそよそしくなったことがある。

最初は手つなぎ拒否だった。それだけではない。そこを境に今まではなかった拒絶がどんどん混じるようになっていった。隣り合って歩くときの距離。ものを渡すときの仕草。視線を伸ばす方向、その視線の滞在時間、そのすべてが以前と少し変わった。

その距離感はたとえばクラスメイト相手なら適切なものかもしれないが、長年仲良くしてきた妹に対するものとしてはだいぶ遠い。よそよそしく感じられるものだった。

なぜ急にそうなってしまったのか。なぜ遠ざけられるのか、身に覚えがない。

何か、コウちゃんの内面に変化があったのだろうか。色々考えて観察していたけれど、さほどの発見はなかった。

コウちゃんの言動は、傍《はた》から見たらそこまで大きくは変わらない。全体でいえば、やっぱりいつも通りだったのだ。私を無視することもないし、心配もするし世話も焼いてくれる。それなのに確実によそよそしく、以前より距離が空いている。

コウちゃんの中で、何かが変わってしまった。そしてこれからもっと変わってしまうかもしれない。それは私の中に途方もない焦燥感を生んだ。

私はよく、ブラコンと言われていたが、そんなつもりはなかった。妹も両親も同じくらい大好きだったからだ。これは強めのファミリーコンプレックス、略してスーパーファミコンだと固く信じていた。

しかし、コウちゃんに拒絶をされたことで、それに張り合うかのように並々ならぬ執着欲が湧いてきた。

人からどう見られるとか、常識だとか、どうでもいいことじゃないか。

手はつなぎたいときにつなぐし、抱き着きたいときに抱き着く。他人相手では許されない、理由も約束もなく甘えられて際限なく大事に思うことが許される。それが家族だと思っていたのに。私はコウちゃんに嫌われたとかでなく、常識だとかいう理由でそれを拒絶されるのが我慢ならなかった。

それでも私の感覚は最近のコウちゃんには理解し難《がた》いらしく、折に触れて「ジョーシキジョーシキ」を唱えながらどんどんよそよそしくなっていく。

コウちゃんが遠くに逃げていくような危機感があって、最近私はどんどん暴走していっている。

「コウちゃん！　一緒に帰ろう！」

「コウちゃん！　どこ行くの？　一緒に行く！」

この気持ちはなんだろう。彼氏が心変わりしていることに気づいていて、そろそろ別れ話を切り出される予感をひしひし感じて、それでもなんとかつなぎとめようとまとわりついているような感覚だろうか。彼氏いたことないけど。

「コウちゃん！　トイレ？　一緒に……」

目の前でバタンとドアが閉められる。

そんなとき、なぜか捨てられたかのような悲しい気持ちになる。完全に情緒不安定だ。

「こ、コウちゃぁん……」

私は自宅のトイレの扉の前でうずくまってメソメソとしていた。

ジャー、ゴポゴポ。流水音が聞こえて、コウちゃんが出てきた。そして、泣きそうな私の顔を見て血相を変える。

「久留里、どうした？　何かあったのか？」

「こ、コウちゃんが……」

「うん」

「トイレに……行ってしまったよぉ～」

おいおいと泣くと、コウちゃんは当然だが『我・困惑』といった顔をしていた。

ため息混じりにせっけんで丁寧に手を洗い出したコウちゃんにぺたりと巻きついた。

コウちゃんが前を向いたまま、ぼそりと言う。

「久留里……あまり、くっつかないように」

あ、まただ。

この、以前はなかった拒絶。それが私を焦《あせ》らせる。

コウちゃんが私を嫌っているわけではない。それはわかっている。

コウちゃんのそれは何か、大人になる過程で生まれるやつ。たとえば『もう大きいんだから、一人で着替えられるよね』だとか『爪切り、もう自分でできるよね』『蜜柑《みかん》の皮、自分で剝《む》きなさい』みたいなやつに似ているのかもしれない。

「やだ！　くっつきたいときにくっつく！」

「うん。聞かないと思っていた」

対して私の感情もそれに準ずる何かに似ている気がしている。

世の中には『赤ちゃん返り』なるものがあるらしい。

これは幼児期の子に下の子が生まれたときに親に対して発症する行動で、自分に気をひきたくて困らせたり甘えたりが大きくなる現象だ。私の感情もそれに似ている気がする。もちろんたとえだけれど、私は今、自分でできるけれどコウちゃんに蜜柑を剝いてもらいたいし、爪も切ってほしい。歯も磨いてほしいし、ご飯も食べさせてほしい。そんな気持ちでいっぱいだ。

よそよそしくされればされるほど、こちらの甘え欲求も、要求も大きく育っていく。

それでも、コウちゃんの態度はそこまで突き放したものではなかったし、もしかしたら気のせいだったのかもと思う瞬間もある。

そのせいで最近では自分の甘えが行き過ぎているのか、コウちゃんの拒絶が強くなったのか、わからなくなってきている。

第三章　ラブホテルに行く兄妹《きょうだい》

その日は久しぶりに久留里《くるり》の推しのコンサートに付き添って出かけた。

中学生のころは俺か親が必ず同伴していた。最近は近くだと一人で行ったり、前回のように同担で仲良くなった女性と行くこともあるが、今日は少し距離が遠いので俺が同伴していた。

「最高だった……まだ頭に歌が流れている……また叔父さんのところでお手伝いして稼がなきゃ……」

久留里はこの日のために親戚の農家の手伝いをして軍資金を貯《た》めた。土にまみれた涙ぐましい努力を思うと応援してやりたくなる。

会場を出ると大雨が降っていた。

天気予報にはなかった雨が止《や》むのをしばらく待ったが、電車の時間があるので結局濡《ぬ》れながら駅を目指した。しかし、やっと着いた駅では車両故障で運転見合わせのお知らせが出ていた。まだまだ動きそうにない電車に焦りが湧き、俺と久留里は駅構内のコンビニで傘を買い求め、駅を出た。

三駅先まで行けば動いているということで、その駅を目指して歩いていたが、たどり着くまでに終電になりそうだった。

「仕方ないな……だいぶ遠いが、父さんか母さんに迎えにきてもらうか」

「え、パパは今日夜勤だよ」

「母さんは……」

「締め切り前じゃなかった？　呼んだら原稿落とすよ」

タクシーの深夜料金は余裕で万は超えるだろうが仕方ない。そう考えていると久留里が情けない声を上げた。

「コウちゃん、疲れた。私お風呂《ふろ》入りたいし眠い。もう寝たい……」

久留里はきょろきょろとあたりを見まわして、近くの建物をすっと指差した。

「あっ……あそこに泊まろう！」

「あそこか？」

「うん！　びちゃびちゃでタクシー使って帰るよりは、ちゃんとベッドで寝れるし名案！」

久留里の指の先には西洋のお城のような建物が鎮座していた。

「……あれは、ラブホテルだぞ！」

「知ってるよ。兄妹なんだからいいじゃん」

「兄妹で行くところじゃないだろう！」

「逆にコウちゃん以外の誰と行くの？　妹がラブホ入ってみたいと思ったら相手はお兄ちゃんしかなくない？」

ないことは絶対ないが、言わんとしていることはわかる。興味本位で入りたいときに、安全というか間違いが起こらない相手ではある。

「だいたいさ、家族で旅館とかホテルとか泊まるのなんて普通だし、いつも同じ家で寝起きしているんだから気にするほうがヘンだよ」

「そ……それは」

その通りかもしれない。兄妹なんだから、ラブホテルに泊まったとしても何も起こりようがない。そんなのは常識だ。俺は、血がつながらないことを知っていたがために過剰反応をしていたかもしれない。そう思うと拒絶するほうに恥ずかしさを感じた。

「私行ったことないし、ちょっと行ってみたい！」

「べつにそんなに面白い場所でもないだろ……」

「まさかコウちゃん、行ったことあんの？」

「あるか！　だいたい十八歳未満や学生はああいった場所への立ち入りは禁止されている

……泊まるならどこかビジネスホテルのような場所を探し……」

滔々《とうとう》と語っているそばで久留里がくしゅんとくしゃみをした。

「コウちゃーん、濡れた服が体温奪って寒いよう……風邪ひきそう……」

久留里はそう言ってからまたくしゃみを連続で二回した。


「あれ、あの部屋にする！　可愛《かわい》い！」

俺が条例違反に胸を痛めているというのに、久留里はラブホテルにはしゃいでいた。

パネルの前で久留里が選んだ部屋のボタンを押すと、鍵がころんと出てきた。

久留里が小さく歓声を上げ、俺が苦い顔でそれを拾い上げる。

エレベーターに乗ろうとすると、一組の男女が先に入ってくのが見えた。

続いて乗り込もうとする久留里の肩を摑《つか》んで制止する。

「ん？　コウちゃんどしたの？」

「ラブホでは、エレベーターは同時に乗らない。ほかの客とズラすのがマナーだ」

「えっ、そうなの？　なんでそんなの知ってるの？」

「今スマホで調べた。その場所に来たらその場所のルールやマナーに従うべきだ」

「へぇ～無駄な真面目さ……あ」

エレベーターの扉が閉まる寸前、中にいた男女が熱い接吻《せっぷん》をぶちかましたのが見えた。

「コウちゃん……あの二人……これからエロいことするのかな……」

「本来そういう場所だからな……」

どこの部屋でもだいたい似たようなことが行われているだろうことは想像に難《かた》くない。

何かいかがわしい想像でもしたのか、久留里がほんのり赤くなっていた。

こんな場所に来たからか、最近またちょっといい感じに忘れていたというのに、思い出してしまった。

俺と妹は、血がつながっていない。

その事実から派生する、どことなくよそよそしい感覚がやってくる。今、やってきてほしくない感覚ナンバーワンだった。胸のあたりがざわざわする。

部屋に入ると久留里は物珍しげに見まわして探索し始めた。

「うわ〜コウちゃん見て見て！　エロ下着の自販機だよ！　記念に買おう」

「買うな！　金の無駄だ！」

「わあ！　コウちゃん！　コンドームだ！　これはタダ？　開けてみていい？」

「ふざけてないで風呂に入ってこい。風邪ひくぞ」

「はぁい」

騒がしい久留里がいなくなると、俺は眉間を揉《も》み、ため息を十回吐《つ》いた。

母に連絡を入れておき、それから腕立て伏せをして少しでも心を落ち着けようとしていると、久留里がバスルームから出てきた。

着ていた服が濡れてしまったため、バスローブに身を包んでいる。見慣れないその姿はいつもよりどこか大人びて見えて、瞬間、混乱する。

これは、誰だ。

俺の妹だ。

当たり前の事実確認を二秒で脳内ですませ、逃げるように浴室に入り、自分もシャワーを浴びた。

戻ってきたとき久留里はベッドの上にいた。

なんとなく同じベッドに乗るのがはばかられ、部屋の端、ベッドからは離れた場所にある毒々しい色合いで不思議な形状の椅子に腰かけた。なぜか鎖と手かせがついていて、忌《い》まわしい感じがする。

「コウちゃん、なんか堅くない？」

「い、妹相手に固くするわけがないだろう！」

「え？　何言ってんの？　ラブホなんかに緊張することないよ。私がついてるんだから」

「私だってね、コウちゃんがいるから知らない場所でもぜんぜん平気なんだよ！」

「…………」

にぱっと笑う久留里を見たら、一気に保護者モードに戻ってきた。

久留里は何も気にしていない。ただ、帰れなくなったことに対しての不安は俺がいるからないのだと、そう伝えてくれている。俺は突然のことにテンパりすぎていたかもしれない。そうだ。これは血がつながっていなくとも俺が愛し、守るべき妹なのだ。

「コウちゃん見て見て！　これ、なんだろう？」

久留里は枕元に置いてあった大きめのマイクのような形状のものを手に、先ほどコンサートで聞いた曲を歌い出した。音程は外しまくっているが、そこが逆に可愛らしい。

「それは……コードがついているし、マッサージの機械じゃないか？」

「えっ、運動したあと体が凝るからこんなとこに置いてあるのかなー。じゃあやってあげる。コウちゃんそこに寝て」

「いや、いい」

「いいからいいから～」

久留里は俺の体を引っ張ってベッドにうつ伏せに倒し、背中にのっかってきた。

ベッドがギシッと小さくきしむ。久留里がスイッチを入れたらしく、背中に電気的刺激がやってくる。肩も背中もべつに凝っていないので、無意味な刺激を受けている。

俺は……こんなところで何をやっているのだろう……そうは思いつつも、気のすむようにさせてやろうとしたときだった。

「コウちゃん、代わって」

「む⁉」

「私にも、当ててみて……？」

「これを……⁉」

どこに……？

「マッサージの機械なんでしょ？」

その通りだ。マッサージの機械を肩や背中に当てることに抵抗感を感じる必要はない
……しかしなぜだろう、こんな場所に置いてあるアイテムということもあって倫理的抵抗感がうっすら湧く。

うつ伏せに寝転んだ久留里が頭だけで振り返り足をバタバタさせて「はやく」と急《せ》かしてくる。

膝立ちで久留里の尻の上をまたぎ、かち、と手元のスイッチを動かした。

ぶい～んと鈍い振動音が鳴り響く。

先端の丸い部分を背中に当てると久留里《くるり》が刺激にびくっと動いた。

「はぁ……んっ」

久留里が吐息混じりの声をもらす。同時に俺にたとえようもない罪悪感が襲ってきた。

いや、俺は何もおかしなことはしていない……はずだ。

「そ、そこ……」

「ここか？」

「あっ……もっと……優しくして」

「すまん」

再び、俺はこんな場所で妹相手に何をやっているのだろうという困惑が押し寄せる。

「あっ、んんっ……」

「こっちはいいか」

「んっ……コウちゃん……きもちいい……」

混乱が限界値を超えた俺は、コンセントからコードを引っこ抜きマッサージ機を思い切りぶん投げた。

「わー！　コウちゃんどうしたの？」

「すまない……手が滑った」

幸い、ぶん投げたマッサージ機は床に落ちていた枕にめり込んだため、器物破損はせずにすんだ。

久留里が「びっくりしたー」と言いながらテレビをつけた。

画面には見知らぬ女優と壮年の俳優が映っていた。リビングのような場所で話している。

なかなか綺麗《きれい》な女優だったが、演技が棒読みでとても下手だった。

最近テレビをあまり見ていなかったが、こんな新しい人が出てきていたんだな……。

そう思って見ているとおっさんが突然自分のズボンとパンツを下ろした。

「おわぁっ！　なんだこれは！」

おっさんはモザイクのかかったそれを女優の頰にピトピトとくっつけ始める。すると女優がモザイクを咥《くわ》えた。

一体どういう番組なんだ……⁉　何が起こっているのかわからず、しばらく口を開けて呆然《ぼうぜん》と見ていると、おっさんが先ほど使ったマッサージ機とまったく同じものを出してきて、女優の股間に当てた。

そのときようやく今見ているこれがＡＶであり、先ほどのマッサージ機がマッサージのための機械ではないことに気づいた。

冷静に考えればすぐにわかることだったが、てっきり地上波と思い込んで見ていたのでコーラと思って麦茶を飲んだときのような驚きで脳がバグってしまった。

久留里を見ると「ぶふふっ！　さっきのマッサージ機、こうやって使うんだ……」などと言ってむせるほど笑っている。

「AVは見ることないから知らなかったけど、コウちゃんも知らなかったの？」

「十八歳未満禁止のコンテンツのことは知らん……」

年齢制限のないものでもエロいものが十分ある。何も困らない。

「それより久留里、お前……これがAVなことを知っていたな……」

「えへへ……ラブホってさーなんか普通の漫画とかアニメとかにも出てくるから、行ったことなくても多少知ってたりするんだよね。ほんとにAVつくんだー」

久留里がリモコンを操作してチャンネルを変えた。画面にパッとモザイクと裸体が大写しになる。またAVだった。なんなんだこの猥褻《わいせつ》設計なテレビは。

『ああん！　お兄ちゃん！　イク、イっちゃうぅ！』

「…………」

ただのAVでも十二分に気まずいというのに、最悪なジャンルのAVだった。

妹と一緒に兄妹《きょうだい》の近親相姦《そうかん》もののAVを観《み》るなんて悪趣味にもほどがある。ある種の刑罰だ。おまけに好奇心旺盛な妹は枕を抱いて画面を凝視している。

その頬はわずかに紅潮していて、口元に当てた拳の奥は呼気がわずかに荒く、喉元がごくりと唾を飲んでいた。なんというか……勘弁してほしい……。

「………久留里、即刻停《と》めろ」

「待って、これ……この名前、台詞《せりふ》……」

「早く停めろ……」

「これっ！　やっぱり……！　ママの漫画原作のAVだよ！　びっくりした！」

「そんなものが存在したことのほうに俺は驚いている！」

「えー！　こんなことってある？　奇跡すぎない？　観よう！」

「そんな薄汚れた奇跡はいらん。観ない観ない。停めろ」

俺の制止なんてどこへやらで久留里は画面を食い入るように見つめている。

「でもこれ、男キャラ似てなさすぎるなぁ。男優さんはあまりいないのかな……」

「内容にケチをつけたくなるほど真剣に観るな。こんなもの……」

ふいに画面の中の女優が棒読みでしゃべりだした。

『お兄ちゃんと……血がつながってなかったらよかったのになぁ……』

突然出てきたワードに心臓が跳ねた。

『そうしたら、結婚できるのに』

『日本神話でもイザナギとイザナミは兄妹婚をしているんだから、俺たちが愛し合うことを神様は禁止していないよ……』

男優による棒読みの屁理屈《へりくつ》台詞に猛烈に腹が立った。

こんなしょうもない台詞を考えたのは誰だ……！

あてどもない憎しみを燃やし考えたところ、犯人がおそらく母親なことに思い至った。

俺は久留里の手からリモコンを取り上げ、ようやく画面を漆黒に戻すことに成功した。

「……もう寝よう」

「ベッドが大きいから余裕で二人で寝れるね！」

普通の兄妹はラブホテルの同じベッドで寝るだろうか……。

そんなことも一瞬頭に過《よぎ》ったが、この状況がすでに一般的でなく、床やソファで寝たりして無駄に距離を取るほうがよほど意識しているかのように感じられた。俺は自らの清廉潔白を示すために、黙って布団《ふとん》の極限の端に縮こまって横になる。

俺は異常者なんじゃないだろうか……。

今までは手をつなごうが抱き着かれようが顔についたアイスを舐《な》めまわされようが、何も思っていなかったというのに……こんなに広いベッドの端と端に寝るくらいで……。

しかし、思い返してみてもやっぱり、それに何も感じていなかった今までのほうが異常にしか思えない。頭が痛くなってきた俺は心を無にして眠りへと落ちた。

＊久留里と兄

眠れない。

コウちゃんはものすごい朝型なので、寝るのが早いし、朝には強い。

私はもともと夜型だし、夜更《よふ》かしも好きだ。特に今日はライブも楽しかったし、そのあとも楽しくて、ずっと興奮していたのでなかなか眠れなかった。

薄闇の中、寝転がってコウちゃんの寝顔をずっとぼんやりと見つめていた。

まったく似ていない。

昔から私は家族の誰にも似ていないと言われることが多かった。

コウちゃんは明らかにママ似。四葉《よつば》は両方にどことなく似ている。

私だけが、家族の中で誰にも似ていなかった。一枚だけ、この瞬間の表情がわずかにパパに似ていると言われたことがある写真を後生大事に保存しているレベルで、はっきり「似ている」と言われたことがない。

小学生のころ無神経な人に、私だけ養子で血がつながっていないんじゃないかと言われて、泣きながらママにこっそり聞いたことがあった。そのときは笑い飛ばしてもらって、父方の曽祖父に似ているらしいと教えてもらい慰めてもらった。

それでも、それからもいろんな人から何度も悪気なく似てないと言われることはあった。そのころから私は家族に対して妙な疎外感を抱くようになった。どんなに仲良くしていても自分だけよそ者のような寂しさを感じてしまう。そのくせ私は大好きな家族の一員でいたい気持ちも人一倍持っていた。

パパとママはもちろん優しいし愛情をくれるけれど、昔から子ども心に二人は夫婦として、大人として、二人だけの関係性を持っている気がしていた。四葉は可愛《かわい》いし大好きだけれど歳《とし》が離れているので自分にとって守るべき存在だった。

だから私にとって、昔から一番特別に甘えてしまう相手はやっぱりコウちゃんだった。

私はいつも寂しくなっていじけた気持ちになるとコウちゃんを困らすようなことをして、気を惹《ひ》こうとした。そしてコウちゃんに我儘《わがまま》を許容してもらうことで、私は家族の一員だということをいつも実感していた。

今日だってコウちゃんが私のためにラブホテルに泊まってくれたことが嬉《うれ》しい。

私に風邪をひかせないために、そうしてくれた。

生真面目なコウちゃんが法や倫理道徳に背いて何かをするのは決まって家族のためだけ

だ。コウちゃんとラブホに入れる女子は間違いなく妹である私だけだろう。

もしお兄ちゃんがコウちゃんではなく、別の冷たい人間だったら、私は家族の中で、もっと孤独だったかもしれない。私はコウちゃんに強く依存している。

寝ているコウちゃんの隣まで行ってぴとっとくっついてみた。

私にとってコウちゃんは異性ではない。兄だ。だからほかの異性に感じる妙な異物感は存在しない。警戒心だってない。だけど、くっついた体は固くて、やっぱり女の子のものとは違っていた。同性とは違うけれど、ほかの異性とも少し違う。その感じはほんの少しドキドキして、ものすごく安らぐものだった。

さっき観たＡＶを思い出す。

『お兄ちゃんと……血がつながってなかったらよかったのになぁ……』

そんなこと思ったことはない。私はコウちゃんと血がつながっていることが自慢だし、生まれた瞬間から家族として一番近くにいられるのは特権でしかない。それはどんな莫大《ばくだい》なお金を積んだとしても手に入らない、世界で四葉と私にだけ許された特別な場所だと思っている。

妹が最強だし、それ以上に強い結びつきなんてこの世にない。そう思っていた。

第四章　一般的な兄妹

無事に選挙も終わり、俺は生徒会長になった。

ほとんど形式だけのはずの生徒会選挙は久留里《くるり》の頑張りもあり、思わぬ盛り上がりをみせた。おかげで終わったころに俺は、見知らぬ生徒からも会長会長呼ばれるようになっていた。つられるようにクラスメイトも俺のことを『入鹿《いるか》さん』ではなく『会長』と呼ぶようになった。しかし、よそよそしさで言えばさほど変わらない気がしている。

一方、宣伝をしていただけの久留里もすっかり有名になったが、こちらは『久留里ちゃん』と呼ばれ親しまれている。キャラクターと顔の差なのだろうか。

おまけに先日の中間テストで久留里は学年一位をとった。

本人は阿呆《あほ》っぽい声で「やったー」と喜んでいたが俺を含む周りはみんな驚いた。

「コウちゃんが、授業だけは真面目に受けろって言ったでしょ」

「ああ、言った」

「だから真面目に受けてたんだよー！　えらいでしょ！」

「えらい」

ぬっと頭を差し出してくる。確かにえらかったので撫《な》でた。

「あと五十撫で」

「終了だ」

「早くない？　もう一声！」

「わかった。あと二十撫ででどうだ」

「うーん。仕方ない。それで手を打とう」

受験勉強を教えていたときも思ったが、久留里は呑《の》み込みが異様にいい。中二まではろくに授業を聞いていなかったのでそのときの初期学力は悲惨ではあったが、中三の一年間でものすごく伸びた。

眉目《びもく》秀麗。言動はちゃらんぽらん。おまけに頭が金色。しかし、成績は学年一位。

久留里は校内で、より一層有名になった。

＊

＊

昼休みに学食へ入るとそこには先に久留里がいて、俺に気づいて駆け寄ってきた。

「あれ、コウちゃん！　偶然だね」

「偶然も何も……今日は弁当がないからな」

学食で会うのは必然と言えなくもない。

「コンビニでパンとか買ったりする場合もあるじゃん。これは運命っていうか、ディステイニーだね！　一緒に食べよう！」

「いや……それは……」

俺は久留里の隣にいる女生徒を見た。

「あ、この子は同じクラスで仲良しの七尾美波《ななおみなみ》ちゃんだよ。美波、うちのお兄ちゃんも一緒でいい？」

「えっ、もちろんだけど……久留里さん、お兄さんも格好いいんだね！」

「でしょでしょ」

「うん！　すごい兄妹《きょうだい》だね！」

彼女は赤くなってきゃあきゃあと騒いだあと、俺に向かって深々とお辞儀をした。

「なっ、七尾美波です！　久留里さんとお友達になりました」

七尾美波は大きめの眼鏡をかけ、二本の長い三つ編みを垂らしている。久留里がふだん仲良くしているギャルっぽい雰囲気の女子ではなく、明らかに文科系、文学少女といった雰囲気の子だった。

久留里との組み合わせは意外に見えるが、何も不思議ではない。もともと久留里はおそろしくマイペースで分け隔てがない。女子同士で存在するジャンルによるグループ分けのようなものをいっさい気にせず、自分が気に入るか気に入らないかだけで友人を選んでいる。おまけに好意を隠すこともしないのですぐ仲良くなる。

しかし、久留里の友人の女生徒は見れば見るほど既視感があった。その柔和な面差しも、雰囲気もどこか身近で見たことがある気がする。

「ん？　七尾、七尾って……」

その、少し変わった苗字《みようじ》にも聞き覚えがあった。

「あ、お兄ちゃん……」

学食の扉のところを見て七尾美波がつぶやいた。そちらを見ると俺のクラスメイトで前の席の七尾優樹《ゆうき》が口を開けて立っていた。

七尾は長めの髪を後ろでひとつに結び、やはり大きめの眼鏡をかけている。両方を同じ空間で見た瞬間に兄妹なことは、なんとなくわかる。

七尾はずり落ちた眼鏡をクイと上げると、遠慮がちに近寄ってきた。

「美波、そんなところで有名入鹿兄妹さんと何をしてるの」

驚きと若干の怯《おび》えを含むような七尾の声に妹の美波はのほほんとした声で返す。

「私ね、久留里さんとお友達になったんだよ」

「へ、へぇ」

七尾が少しびっくりしたように久留里と自分の妹を見比べた。

「そうだ、お兄ちゃん。私、久留里さんとダンス部に入ろうと思ってるんだけど」

「ふうん。母さんには言ったの？」

「ううん、まだ。七月に大会があるからそこまで結構みっちり練習あるらしくて……」

「……入部は構わないかもしれないけど、その大会は無理だね。六月末に例大祭あるもんな」

「れーたいさい？」

七尾兄妹の会話に割り込んだのは久留里だった。

「ウチ神社だから。年一で祭りがあるんだ。毎年その時期は手伝いをさせられる」

「へえ〜。いいなあ」

七尾は久留里に返してからすぐに妹へと向き直る。

「僕だってその期間はあんまり軽音部行けないんだ……そこをちゃんと話せるならいいんじゃない？」

七尾優樹が軽音部なことは知っていた。というか、そこで最初に彼の名前を知った。

去年の文化祭の発表で、ほとんどの部員がバンドで流行《はや》りの曲をカバーしている中、七尾は一人だけオリジナルの昭和っぽい曲をアコースティックギターで歌い上げていた。

七尾はよく見れば顔立ちが整っている。もっさりとした髪を綺麗《きれい》に切り、コンタクトかお洒落《しゃれ》な眼鏡に変えて人気の曲をやれば十分にモテそうだった。しかし、現状は色々と浮いていて、ちょっとした変わり者扱いしかされていない。

突っ立って話していては昼食を食べる前に昼休みが終わる。そのままの流れで四人で昼食をとることになった。天ぷらうどん、ハンバーグランチ、とろろ蕎麦《そば》とカレーライスを手にそれぞれ席についた。

「……か、会長は確か剣道部ですよね？」

七尾は俺に謎の遠慮をしているようで、見るからに萎縮していた。しかし、無視をするのも感じが悪いと思ったのか、健気《けなげ》に会話を振ってくれる。

「いや、俺は……」

「コウちゃんは小学生から近所の道場に通っているだけで剣道部じゃないんだよ！　剣道部の部長にずっとしつこく誘われてて、試合のときだけ副将で出てるんだ」

俺の声をさえぎり、なぜか久留里が誇らしげに答えた。

「すごいですね」

「でも去年は大将の部長とコウちゃんは勝ったけど、二対三で負けたんだよー。剣道部は今の部長以外はだいたい初心者で弱いから」

「そりゃ、入部してほしいでしょうね……」

カレーを食べていた七尾とうっかり目が合い、七尾が慌てたように口を開いた。

「会長のお昼はうどんですか？　やはり違いますね……」

「お兄ちゃん何言ってんの……緊張しすぎだよ」

美波の呆《あき》れた声に久留里がケタケタと笑い声を上げる。

「久留里さんは笑い上戸なんだよね」

「そんなことないよぉ～、あははは」

「いや、笑い上戸だ」

俺の言葉に七尾兄妹がうんうんと無言で頷《うなず》いた。その動きは見事にシンクロしていた。

七尾兄妹は揃《そろ》っているといかにも身内といった空気感が流れている。黙っていても兄妹と思われる何かがそこにあった。それでいてベタベタした感じはいっさいない。

そうだ。兄妹って、こんな感じじゃないのか。高校生にもなれば特に。

一年生二人が先に戻ったあと、七尾がぽそりと言う。

「わ、我々も……戻りますか？」

七尾が眼鏡をクイと上げて言う。相変わらずなぜか敬語だ。

立ち上がって歩き出すと少しうなだれて半歩後ろを遠慮がちについてくる。

看守が囚人を連行、あるいは従順な犬の散歩のような塩梅《あんばい》になってしまっている。

やっぱり、ものすごく萎縮されていた。

＊　　＊

一般的な兄妹というものは、そこまで仲良くないと知ったのはいつのことだったろうか。

歳《とし》を重ねるとさらに疎遠になっていく傾向があるようだ。俺はぼんやりと世間常識としてそれを知りながら、自分の家族に当てはめることをしてこなかった。仲がいいのは悪いことじゃない。それくらいの気持ちでいた。

しかし、ここのところ兄妹がいるとつい見てしまう。

テレビで芸能人の兄妹が出てきたりすると、やはり似ているな、だとか、仲の良さや関係性や距離感をつぶさに観察してしまっていた。

これは薄毛を気にし始めた人間が道を歩く人やテレビの中の人間たちの毛髪量ばかりを見てしまい、心の中で『ハゲ・フサ・ハゲ・ドフサ』などと分類を始めてしまう現象とおそらく似ている。情報量を増やすことで平均値を導き出し、なんとか自分を普通に当てはめようとしているのかもしれない。

先日目にした七尾兄妹は学校で会っても、目を合わせ、会話する程度のようだった。もちろん妹は隙あらば兄に抱き着いたりしない。たまに話したとしてもその距離はそこまで近くない。間違ってもイチャついているだとか言われない。しかし、確かな家族の空気感を持っていた。彼らの兄妹関係は、俺の理想とする正しい適切なものと近いように感じられた。端的に言うと、俺は羨ましく思ったのだ。

七尾が休み時間にスマホを口に当て、こそこそと通話していた。

「なんだよ。校内は通話禁止なんだから……え？　ああ……あった、あったよ、これかな」

話しながら鞄《かばん》の中を覗《のぞ》いていた七尾が通話を切ってため息を吐《つ》く。

「どうかしたのか？」

「あ、親が僕の鞄に妹の提出書類ねじこんだみたいで、届けてくれって言われたんです」

「電話してる間に取りにきたほうが早くないか」

「二年生のフロアに行きたくないから持ってこいって……」

なるほど。久留里《くるり》を見ていると忘れそうになるが、それが新入生の持つ感覚な気がする。

七尾がハーと重いため息を吐いたところで入口のほうから声がかけられた。

「七尾ー、吉岡《よしおか》先生が呼んでるぞー。職員室来いって。お前委員会サボったろ」

七尾はギェと短い悲鳴を上げた。数秒、書類と呼びにきたクラスメイトを見比べて逡《しゅん》巡《じゅん》している。

「その書類、よければ俺が代わりに届けるぞ」

「え、ええ⁉　会長が？　そそそんな……！　悪いですよ」

「お前の妹さんなら顔も知ってるし、この紙を届けてくればいいんだろ」

七尾はなおも困惑した表情だったがクラスメイトの「七尾ー、すぐ行ったほうがいいぞ」の追撃の声に「じ、じゃあお願いします！　本当にすみませんがお願い申し上げます！」とペコペコ頭を下げて職員室に走っていった。

七尾の妹は久留里と同じクラスだと言っていたから一年二組。ひとつ上の階だ。俺は七尾の机にのっている紙を手に、教室を出た。

一年二組の前に行くと、ちょうど扉付近に七尾美波がいた。

「あ、会長！　久留里さん、会長来てるよー……っていない！」

普段からちょろちょろと活動的に動きまわる久留里は留守らしかった。

「いや、美波《みなみ》さんに用があって来た」

「えっ、私ですか⁉」

美波はびっくりした顔をして口元を押さえて赤くなった。

改めて見ても、やはり兄の七尾とよく似ている。やや毛量の多めな髪質だとか、肌の白さだとか、頭の大きさ、少しタレ目がちな目も、間違いなく同じ製造元だ。

「さっき七尾が職員室に呼ばれたから、これを代わりに届けにきたんだ」

「えっ、そんな……ありがとうございます。助かります！」

「驚かせてすまない」

「いえ、私、会長のファンなので嬉《うれ》しいです！　それにお兄ちゃんが来ると、あとで周りにからかわれること多いんで……」

「からかわれる？」

「顔が似てるからです。片方を先に知ってるともう片方が女装男装してるみたいに見えるみたいで……面白がられるんですよ」

そう言った美波は実に嫌そうな顔をしていた。

似ていて嫌。それは俺にとって焦がれる感覚だった。俺は、似ていたかった。

学校で兄妹《きょうだい》関係を〝イチャイチャ〟などと称されるたびに、似ていないことを思い知らされる。俺は頭ではどうでもいいことだと言い聞かせながらも、本当は久留里と血がつながっていたかったのかもしれない。

「だからお兄ちゃんのことはべつに嫌いじゃないけど、本当は学校でなるべく顔を並べたくないんです」

しかし、こちらの兄妹の気持ちもなんとなく理解はできる。

「ほお……ちなみに、家ではよく話すのか？」

「そんなには。お互い無視したりはしませんけど」

「一緒に動画を観《み》たり、お互いの部屋に行って話し込んだりは？」

美波はびっくりした顔で片手をパタパタと振って答える。

「しませんよぉ。お兄ちゃんは中学くらいから夕飯のあとはずっと部屋にこもってギター弾いてること多いですし……私も部屋で漫画読んでたりするんで、基本別行動です」

「……ええ」

「お兄ちゃんとは、はっきり言って、趣味が合いません」

七尾兄妹。思ったより遠い。これは、一般的なのか迷うところだ。

「休みの日とかは一言も会話しない日もありますよ」

「それは、疎遠すぎないか……？」

休日にまったくしゃべらない。それは……はたして普通なんだろうか。

「うーん、そもそも男女の兄妹って姉と弟にしてもそうですけど、大きくなるとそれぞれ興味の対象も分かれていきますし、自然と少し距離があくものではないかと……」

「それはまぁ……そういう家も多いかもしれないな」

兄妹に限らず人は成熟と共にほかの人間への距離感を作っていくものかもしれない。実際に俺はきっと、両親との距離は昔よりごく自然にあいていっている。

「どこも結構、そんなものじゃないでしょうか」

美波はそう言ったあと、ぱっと表情を輝かせてくる。

「あ！　でも、久留里さんと会長は特別仲がいいですよね！　顔も似てないから、カップルみたいに見えますし、なんか……雰囲気がすごく素敵です！」

美波はなぜかうっとりした顔でこぼす。俺はまたショックを受けた。

「そ、そうか……」

やはり、わが家のほうが異常なのだ。そう思ってはいた。いや、普通には幅がある。仲のいい兄妹だってたくさん存在するだろう。だからうちも普通の範囲……いやいや自分をごまかすな。俺は正常な兄妹関係を築こうとしていたんじゃないのか。久留里は間違いなく近すぎる。

考えているうちにだんだん何が普通で、どこからが異常で、どこまでが許容範囲なのかわからなくなってきた。

教室に戻ると先に戻っていた七尾がササと寄ってきた。

「会長！　妹から書類を提出できたと報告がありました！　ありがとうございます！」

「いや、大したことはしてない……いい妹さんだな」

「いやー、なんか歳と共にだいぶとっつきにくくなって……なんか兄とか弟とかのほうがよほど気楽だったんじゃないかと思いますけどね」

「そうか？」

「この間も妹のシャンプーを使ったとか言われて怒られましたよ……朝もめちゃくちゃ長時間洗面所占領してるし……なかなか面倒くさいですよ。会長のとこはあんまりギスギスしないんですか」

「いや……そういうのでギスギスしたことはないな。もちろん姉や兄や弟でもよかっただろうとは思うが、兄妹はいいものだ……」

そう言ったとき、ひとつ思い出したことがあった。

「七尾、あのな……俺は小学生のころ、山道で木の枝を拾い、それを削って模造刀を作っていたことがあるんだ……」

「なかなか渋い小学生ですね……」

「ああ。それくらいしか趣味がなかったんだ」

学校が終わったあと、道場、家の手伝いも何もない日があり、四葉《よつば》は保育園で小学校より終わりが遅かった。今ならそういう時間は絵を描いて過ごすが、当時はそんな趣味もなく、友達がいない俺は山の麓まで自転車を漕《こ》いで様々な種類の枝を収集して、小さめの木刀を作る遊びを一人でしていた。刃の部分は削って平らにする。中央の剣脊《けんせき》には彫刻刀で線を入れ持ち手である剣柄《けんぺい》の部分には模様をつける。そしてニスを塗り仕上げる。

今考えると相当拙いものだったが、当時は夢中だった。

枝が変わると硬さや色も変わる。しょぼい枝だと途中で挫折するため、次第に収集のほうに重きが置かれていき、立派な枝が拾えたらそれで満足してしまうこともあった。

「最初は一人で出かけて帰るだけの趣味だったそれが、ある日、久留里に見つかった」

「おお……なんか言われました?」

「いや……普通についてくるようになった」

久留里は友人と遊ぶ予定を断り、俺と一緒に自転車で山に行くようになった。

一人でも楽しくはあったが、久留里が一緒だと一気に賑《にぎ》やかになり、楽しさは倍増した。サバイバルごっこをしたり、木の実や変わった虫を見つけて騒いだり、木刀も注文を受けて久留里の分まで作るようになった。帰り道の途中にあった駄菓子屋によく寄ったのもいい思い出だ。さすがに木の枝が増えてきてゴミの山のようになり、親に物騒なものを作るなと怒られるまでそれは続いた。

「考えてもみてほしい。主に自転車で山の麓まで行って枝を探して帰るだけの遊びなんだ……男子の友人がいたらまた違ったのかもしれないが……そんなもんに楽しげに付き合ってくれる女子は……妹だけだろう⁉」

「いや、それはそうかもしれませんが、そもそもうちの妹はまず付き合いませんよ……」

「そうなのか？」

「はい。妹は昔からインドアでしたし、間違いなくついてきません。家に帰ってきて僕の汚れた服を見て美波が顔を顰《しか》めるところまでくっきり浮かびました」

「なるほど、性格もあるだろうな……」

「そうですよ。妹さんが会長のこと好きだから仲がいいんであって、たぶん血縁は関係ないです」

そうして会話がいち段落して、七尾は俺の前の自席に着いた。

確かに血縁関係があろうがなかろうが、相性はあるかもしれない。

しばらくそんなことを考えていると、七尾がくるっと振り返って聞いてくる。

「あのー、つかぬことをおうかがいしますが……会長、音楽の趣味とか、ありますか？」

「え？　俺は音楽は……詳しくない。流行《はや》りのものくらいだな」

「聞きはするんですか？」

「走ってるときにイヤホンで聞いたりすることはあるが……大抵サブスクの流行りもののリストで流すからアーティスト名も曲名も一致しない」

七尾の謎の食いつきに顔をじっと見る。

「……いえ、あのですね……実は会長の名前が僕の聞いてるフォークシンガーと一緒なので、もしや親御さんがファンだったりするのかとか、前から気になってたんですよ」

俺の名前の由来はかなり昔に母に聞いたときに覚えていないと言われたが、今思えば実父がつけたのかもしれない。つまり、現時点で不明だった。

「由来は知らないんだ。すまない」

「そうですか……それはそれとして……」

「ん？」

七尾の眼鏡の端がきらりと光った。

「会長は音楽の趣味はないんですよね？　でしたらぜひともフォークを！」

「ええ？　いや、俺は……」

「いやいや何を仰《おつしや》いますか！　そんな名前しておいて！　聞くべきですよ！　いい曲たくさんありますから！　その時代に発表されて今なお残っているものは時代に淘汰《とうた》されなかった名曲ばかりなんですよ！　だから古いものを聞く価値はあります！　あとは各ミュージシャンの古い伝説もたくさんあってこれがまたしびれるんです……」

七尾は音楽業界において初めて大学でのコンサートが行われ興行の在り方が変わった時代背景などを饒舌《じょうぜつ》に語ってくれた。

「そりゃ僕だってあと六十年早く生まれていたら間違いなく嬬恋《つまごい》のフォークジャンボリーに行っていたはずなんですが……生まれる時代を完全に間違えましたよ……ハハハ……あっ、とりあえず何がいいですかね、とりあえずっていったらもう源流のボブ・ディランにしときますか！　あと初心者ならやはり王道の拓郎……それから変化球も……」

七尾が目を輝かせて熱弁する。文化祭で見たあの感じを思い出す。それだけ熱く語れる好きなことがあるなんて羨ましい。というか、七尾は自分の基準で好きなものを決め、自分の行きたい道を行く。そんな自由さと自我の強さが感じられて、それが余計に羨ましいのかもしれない。俺は世間の常識や正しさを重んずるあまり、突き抜けたい自我が弱い気がしていた。

七尾の熱い勧誘により、俺はスマホに曲を増やした。さほどの興味はないが、ありがたく拝聴してみよう。そういえば友人にものを薦められるのは初めてかもしれない。

＊久留里《くるり》と恋愛

一般的な兄妹というものは、そこまで仲良くないと知ったのはいつのことだったろうか。

私がそれをぼんやり知ったときには、自分が特別兄妹仲良しなことを誇らしく思った。

休日のその日、私は七尾美波《ななおみなみ》の家に遊びにきていた。

「あれ、家……神社じゃないんだね」

「家業は神社だけど……住んではいないんだよ」

美波の部屋は可愛《かわい》らしい女の子の部屋だった。本棚には少女漫画がびっしり並んでいる。

有名作だけは少し知っていたが、そのほかはほとんど知らない。

「すごい量だね」

「これでも入りきらないから厳選してるんだよ。電子でも倍くらいある……ほとんど中毒」

「へー、お薦めとかある？」

そう聞くと美波はちょっとためらうような表情を見せた。

「あるよ！　あのね……」

「うん？」

「実は私……きっ、きょうだいモノジャンルが好きなんだよね」

「えっ、美波……お兄ちゃんいるよね」

そう言うと美波は思い切り顔をしかめた。

「それとこれは別！　私が好きなのはフィクションのきょうだいモノであり架空の兄なんです！」

「架空の……」

「そう！　現実のお兄ちゃんにはまったく興味がないの！　あの人顔が私とおんなじだし……いつも四畳半とか神田川とかわけのわからないことばっか言ってるし……作ってる曲のタイトルは『追伸・愛してます』とか時代錯誤だし……率直に言って好みじゃないの！」

「そ……そうなんだ。お薦めって？」

美波はまた少しためらいがちにモジモジしていたけれど、やがて押入れの奥からカバーのかかった本を出してきた。

「それであの……この作家さんのが……そのぅ……じ、十八禁……なんだけど絵も綺麗《きれい》で可愛くて……きょうだいモノのよさが詰まってるから、抵抗なければ読んでみてほしい」

「エロ漫画？　ぜんぜん抵抗ないよ」

母親の職業だからね。

受け取ってぱらりとページを開くとまさかの見知った絵がそこにあった。

「美波……これ描いてるのうちのママ……」

「ええ⁉　な、なにそれ……神が母上なの⁉　た、倒れそうなんだけど！」

「えー！　美波がママの漫画好きなの嬉《うれ》しい！　今度遊びに来てよ。サインくれるよ」

「きゃあ！　か、神の家に⁉　行く！　行きます」

まさかの符合に二人で声を上げて喜びあった。私はママの仕事を誇りに思っているが、友達に言って万が一ディスられたら嫌なのでわざわざ言ったことはなかった。嬉しい。

「ちなみに久留里さんのお母様はお兄さんか弟さんいるの？」

「いないよ。いないから萌《も》えられるんだって。いたら無理だと思うって言ってた」

「そっかあ……現実とフィクションを分けられるタイプと、無理なタイプがいるんだって、その筋ではよく議論になるみたい」

「その筋ってどの筋よ……」

「久留里さんは？」

「え？」

「お兄さんいると、兄妹もの読みにくい？」

「ないない。私は……現実の兄がいるからこそ萌えられるっていうか……むしろリアル兄に一番萌えを燃やすタイプ……かな」

「えー何それ久留里さん、素敵！　ガチ勢だ！」

美波の目がキラキラと輝いた。自分の兄には萌えられないが、よその兄妹関係には興奮するらしい。

「久留里さんとこは仲いいからよくカップルに間違われてるもんね」

「うん！」

私たち兄妹はまるで似ていなかったため、ある年齢を超えたあたりからカップルに間違われることが圧倒的に増えた。

そしてコウちゃんとカップルに見られるたびに、私は密《ひそ》かに喜んでいる。あんなに格好いいお兄ちゃんと恋人同士に見えるなんて嬉しくないはずがない。

そこから話題は飛び、しばらく美波の好きな漫画や、私の推しの話なんかを話し込んだ。

一見地味で大人しい美波と仲良くなったことは周囲に結構意外そうにされることが多い。けれど、こうして話していても、やっぱり彼女は仕草にもしゃべり方にも不思議な可愛さがあった。控えめなその魅力は『私だけが知ってる』という優越感をとても刺激する。私が嵌《はま》りやすいタイプだった。

「ちょっといい？」

「わっ、久留里さん、何？」

思いついて美波の眼鏡を取ってみた。

「にしし―、見せて見せて」

美波が眼鏡を奪還しようとしたのでベッドに倒れて逃げた。

「わ―、見せない見せない～！　返して！　目が潰れちゃうよ！」

「そんなわけ……うわ、危ないって！　眼鏡が壊れちゃう！」

美波が私に覆いかぶさるようにして取り返そうとしてくる。

二人で笑って、もみくちゃになりつつ私は眼鏡を持った手を上げ壊れないように保守した。

そうして、目の前を見ると、至近距離に目が潰れそうな美少女がいた。

「……うわ、めちゃくちゃ可愛い……美波、眼鏡やめたら？」

「お世辞言わなくていいよ、もう……かえして！」

　美波はさっと眼鏡をかけてしまった。

「私、コンタクトは体質に合わなくて……裸眼じゃ過ごせないレベルの近眼だから……」

「へー……そうなんだ……」

　眼鏡をかけていても不器量ではない。しかし、はずしたほうが確実に美少女だった。眼鏡が似合ってないにもほどがある。この人自身が眼鏡をはずしたらとんでもなく美少女という、少女漫画みたいな存在だった。私がお金持ちなら課金してカスタマイズしたい。

　そして、一度部屋を出てポテチとジュースを携え戻ってきた美波は、モジモジしながら、実はずっと聞きたかったという質問をしてきた。

「あの……久留里さんは……彼氏とか、好きな人、いるの？」

「え？　私、彼氏は……興味ないかも……いたことないよ」

「え、そうなの？　意外。元彼五十人はいそうな可愛さだから恋バナ聞かせてもらおうと思ったんだけど……」

「一個もないなあ。あ、でも中二のとき、彼氏を作ってみようとしたことがあったよ」

　あのころコウちゃんが受験生で、退屈だった。それでもさすがに邪魔しちゃいけないことはわかる。友達が多かったので仕方なく友達と遊んでいた。そんなとき一度だけ男子とデートをしてみたことがある。

「何それ。気になる。どんな人？　どんなだった？」

「どんなだったかな。顔も名前もあんま覚えてないんだけど先輩だった」

なんとなく年上がいいなと思ったのだ。学校の先輩でコウちゃんの同級生であるその人も当然受験生であったが、その辺は私の知ったことではない。

「な、名前くらいは覚えててもいいと思うけど……付き合ってたわけじゃないの？」

「付き合っては……ない。告られて、休みの日にデートに行ったの」

中学生だからお金もないし、遊園地だとか水族館だとかの商業施設には行ってない。近所のショッピングモールに行っただけだ。

「でも、なんか、楽しくなかったの……会って三十分くらいですぐ帰ってきちゃった」

楽しそうな人だと思ったし、嫌いじゃなかった。でも、こりゃ無理だなと思った。

理由はたくさんある。手をつなごうとしてきて嫌だった。飲み物を一口ちょうだいと言われたときも嫌だなぁと思った。気安く頭をぽんぽんされて、猛烈に腹が立った。そういった理由を思い出してつらつら述べる。

「久留里さん頭触られるの嫌いなの？」

「うーん。そーいうわけでもないんだけど……」

むしろ好きだと思っていた。コウちゃんに頭を撫《な》でられるのはすごく好きだ。

「ただ、なんか違うと思った」

たぶん、単にあの人が好きじゃなかったのだろう。

あの人に限らず、中学以降になって男女混合で遊んだりするとやたらと触ろうとしてくる奴《やつ》がいる。そういうのも、嫌悪《けんお》感しかなかった。

美波のような可愛い女の子は大好きだし触れ合いにもまったく抵抗はない。

もしかしたら私は潜在的に男嫌いなのかもしれない。人として話す分にはいいけれど、異性的な感情を向けられると途端に嫌になってしまう。それに気づいてからは退屈でも女子としか遊んでいない。

「それにさ、コウちゃんが……」

「お兄さん？　あっ、やっぱり、そういうのにも厳しいんだね、会長……」

誤解をしたらしい美波に手のひらをぴらぴらと振る。

「いや、そうじゃなくて、コウちゃんてさ……すごく格好いいじゃない？」

「うん？　そうだね」

「なんか、比べちゃうっていうかさぁ」

「あ、そうか……久留里《くるり》さん兄ガチ勢だもんね……」

「そう。彼氏彼女なんてしょせん他人でしょ。兄妹は代替不可だし」

「じゃあ、好きな人とかも」

「できたことないんだよね……だってコウちゃんのほうが格好いいし」

昔からコウちゃんがあまりに眩《まぶ》しすぎて、好きな人すらできたことがない。

「でも、やっぱお兄ちゃんは兄だからね。ギリ兄ならともかく、さすがにリアル兄に恋はしちゃいけないし……」

「じゃあギリ兄だったらどうなるの？」

「え？　もし、大好きなお兄ちゃんと血がつながってなかったら……結婚するよ！」

美波《みなみ》の問いに笑いながら即答した。もし血がつながってなかったら急いで結婚して、また家族にならなければならない。

けれど、コウちゃんは相変わらず、少しよそよそしい。

私のお兄ちゃんのはずなのに。四葉《よつば》に対するそれはまったく変わっていないのに、私に対してだけよそよそしいのだ。

急に、よその家庭を真似《まね》して〝普通〟を探し始めているようだ。

それは少しずつ積み重なって、どこか他人みたいに感じられることもある。

第五章　兄妹《きょうだい》と秘密

俺は昔から感受性が薄いタイプだった。

世の中には映画を観《み》て泣き、主人公と共に怒り、スポーツ観戦でわがことのように喜び、優しく在れる人間がいる。俺は映画を観て泣いたこともなく、また、話している相手の感情の機微にもあまり気づかない。

そういった性質はよくいえば冷静で、感情で何かに肩入れすることなく公平さが持てるものではあるが、無神経に他人を傷つけることも多い。慣れ親しんだ自分をよく知る家族以外となかなか打ち解けられないのもそこに原因があるかもしれない。

だから俺は他人に対しての対応で迷ったときいつも、感情を起点とするのではなく公衆道徳や倫理規範と照らし合わせ、一般的に正しいとされることを選択してきた。そうするのが正しいと思っているからそうしているだけで、感覚的な判断をしているわけではない。だから明確な解がないものごとに対しての対処に融通が利《き》かない。

最近一般的な兄妹関係についてぐるぐると考えていたが、考えれば考えるほど久留里という人物がいろんな意味で特殊で、どうすべきかうまくまとまらなかった。これは本来感覚で対応すべき問題で、俺のように理屈でなんとかしようとすることではないのだろう。

それでも、ほかに方法を知らない俺は結局考えて理屈を積み上げるしかなかった。

よその家族と比べて普通を目指すことはあまり意味がないかもしれない。家族の形なんてその数だけ存在すると思っていい。久留里以外の家族、たとえば久留里と父、四葉と俺、母と俺など、組み合わせを変えてその距離感を見つめなおし、そこから在るべき形を模索してみてもいいかもしれない。

俺は夕陽《ゆうひ》に赤く染まった剣道場からの帰り道でそんなことを考えていた。

帰宅してリビングに入ろうとすると、久留里が中からさっと出てきて扉を閉めた。

「コウちゃん、どうしよう。四葉の学校で、お母さんの職業について聞いてこいって言われたみたい」

久留里の言葉に目を剝《む》いた。

「そういうのは大抵お父さんじゃないのか？　お母さんが働いてない場合は？」

「今は働いてるお母さんも多いし……主婦業も立派なお仕事としてカウントするから問題なしっていう……担任の意識が高いらしいんだよ～」

「そうか……今、四葉は？」

「アイス食べてる。これが質問リスト」

久留里にぺらんと渡されたプリントの質問リストを眺めた。

そこにはまず職業と、なぜ、その仕事に就いたか、仕事を始めて変わったことはあるか、やりがいを感じる瞬間はなど、十ほどの質問が並んでいた。俺はそれを黙って見つめたあと、顔を上げて久留里を見た。

「母さんには？」

「私もさっき四葉に聞いたばっかりで……ママはずっと仕事部屋から出てきてないから、まだ言ってない……」

「ちょっと試しに聞いてくる。答え方によってはなんとかごまかせるかもしれない」

こういったものはよくも悪くも職業の種類に拘《かか》わらず普遍性があるコメントになりがちだ。そのまま書いても大丈夫なものが得られるならそこは嘘《うそ》をつかなくてすむ。

「コウちゃん頑張って！」

両手でガッツポーズをした久留里に見送られ、母の仕事部屋へ向かった。

扉を開けると母はパソコンの前に座っていた。万が一、四葉が開けたときのことを考えて、机はコクピット型に配置され、モニタは扉からだと裏になっている。

「どしたの？　夕飯のこと？」

近くに行くと、モニタには股を大きくおっぴろげた汗だく涙目アへ顔の女の子の絵がデカデカとあった。母の絵は骨格がしっかりしていてうまい。なにより表情が生き生きしていて輝きがある。内容は読んでないので知らないが、絵柄は非常に好みだった。

そこまで思ってから気を取り直して母に拳でつくったマイクを向ける。

「このお仕事に就いたきっかけは？」

「お、どしたのコウくん？　インタビューごっこ？」

母はそれならといった感じに腕と脚を組み、したり顔を作ってみせた。

「お仕事に就いたきっかけは……そうですね……私は中学生のころにはもう自分のヘキに気がついてましたから、リビドーを描き殴って煮しめていたら、いつしかこんな場所にいたって感じですね……」

「は、はい……」

「あ、ヘキのほうのきっかけは中一の時分に友達の家に遊びにいったときに目にした、友達とそのお兄ちゃんの関係が、妙に恋人めいて見えたあの瞬間ですね。私は幼心に……あれは絶対に何かいやらしいことをしていると思いました」

……書けない。これは絶対に書けっこない。

「やりがいを感じる瞬間は？」

「私はまんぐり返しを描くのが得意なんで、それが話の流れでビシッと決まったときですねえ！」

母は両手でろくろをまわすような格好を作ってまた、したり顔で答えた。

「……ありがとうございました」

「ん？　もういいの？」

「うん……」

「コウくーん？　なんだったの？　これ？」

俺は深いため息を吐《つ》いて扉を出た。

久留里がリビングの扉の隙間からこちらを覗《のぞ》き込んでいる。

「……駄目そう？」

「ダメダメダメ。ダメのダメダメだ。……漫画家って言ってぼかすのはどうだ？　それなら嘘はついてない」

「駄目だよ！　小学生が漫画家なんて聞いたら祭りになる……！　絶対に何描いてるのか聞かれるよ」

「そ、そうか」

「小学生なんて流行《はや》ってるの以外は漫画家と認めないふしがあるんだよ！　マイナーなだ

けで落胆されるし、ましてやエロだなんて知られたら……四葉が……」

「二人とも、なに話してるの～？」

「わあ！」

「母さん！」

俺の行動に不審なものを感じたのか、気がつくと母がすぐ近くで聞いていた。

四葉がリビングで静かに動画を観ているのを確認してから、小声で事情を話した。

「そんなの、ちゃんと隠さず相談してよ～。いくらでもごまかしようはあるんだから！」

「母さん！」

「さすがママ！」

えへんと鼻の下を掻《か》きながら母が笑う。

「伊達《だて》に何年もまんぐり返してないわよ」

「母さん、すぐまんぐり返そうとするのやめてくれ。……で、どうごまかすんだ？　まずペンネームがあまりよくないから、そこは絶対伏せるべきだと思う」

「ママのペンネームって……なんだっけ？」

久留里の質問に母がものすごく小さな声で答える。

「……ぬらぬらジャングルジム……」

「何それ！　どっからどうなって無機物を名前にしたの？」

「巨匠、葛飾北斎《かつしかほくさい》先生の春画を描く際の『鉄棒ぬらぬら』という別名にあやかって……」

「母さんのそのペンネームは意思を持った猥褻《わいせつ》な無機物とそれで遊ぶ女児を連想させるから特に学校向けによくない」

「コウちゃんのそれも大概変態的な連想思考だと思うけど……」

「あー、こんなことなら後年の『画狂老人卍《まんじ》』のほうにあやかればよかったかなあ……」

「何それ……中二全開で格好いいね」

「くんちゃんもそう思う？　格好いいよね。センスブチ抜け過ぎだよね？」

二人が脱線を始めそうだったので、軌道を戻そうと口を挟む。

「それはいいんだが、結局どうごまかす？」

「あぁ、いけない！　それはね！　……えーっと……えーっと……」

「ママ……」

その歯切れの悪さに久留里が不安げな声を出す。

母はその場でしばらく熟考していたが、三十秒ほどして口を開く。

「お、お父さんは？　四郎くんは何時に帰る？」

廊下で大騒ぎしているとキィ、と音がして扉が細く開いた。全員でハッとしてそちらを見る。扉がもう少し開いて、隙間から四葉《よつば》がじっと見ていた。

「よ、四葉……そんなところで何を」

四葉が出てきて俺に背中で寄りかかるようにしてから俺の両手を自分の体に巻きつけた。

「……何してるの？」

「っ、何も！」

「……ん？」

「よんちゃん！　なんか動画観てなよ！」

「……ん～？」

四葉は眉根を寄せてうなった。腕組みして名探偵のように目を細める。

「なんか……みんなして四葉に隠してる？」

ハッとした。

母の仕事に関しては俺と久留里《くるり》も中学ごろには知った。そこまで長く隠し通せるものではないだろうが、きたるべきその日にしっかりと理解してもらうためにも今は職業に貴賤《きせん》がないことを説明するだけで、母の仕事につながるような不用意な発言は聞かせないようにしていた。しかし、それが四葉に疎外感を抱かせていたかもしれない。

四葉は首を捻《ひね》って考え込んでいた。

「四葉の誕生日は……まだ先だし……」

何か嬉《うれ》しい隠しごとだと解釈しているらしい。

なんてポジティブなんだ……。

「よんちゃん、あっち戻ってママとお話ししよ」

「……っ、本当？」

ぱっと顔を輝かせた四葉が母の手を摑《つか》む。そのまま、こちらに目配せをして母は四葉とリビングに入っていった。

数秒後、俺のスマホに母からのＬＩＮＥがあった。

〝こっちはまかせて！　あとはよろしく〟

「ママ……逃げたね」

「そもそも、母さんが考えるべきことなんじゃないか……」

「宿題の提出日は？」

「明日だって……」

俺と久留里は話し合い、駅まで父を迎えにいくことにした。あらかじめ父のスマホに緊急事態で相談があると連絡を入れて駅前まで迎えにいった。

夕暮れ過ぎの駅前は仕事帰りの車や人の雑多な喧騒《けんそう》で満ちていた。

改札を出て俺たちに気づいた父は、青白い顔をしていた。

「こ、ここ光雪《こうせつ》くん、ちょっとこっち……久留里ちゃんそこで待っててくれるかな」

父が俺の首に腕をまわし、物陰に連れていった。

「き、緊急事態って、まさか……久留里ちゃんが……あのことを……」

「違う。まだ知らない。それとは別件」

そう言うと、父は巨大な胸を撫《な》で下ろし、ほわぁ～と息を吐いた。

「父さん……心配しすぎだろ」

「いや、これまでは母さんと私だけうまくごまかしてればよかったから……光雪くんは嘘つくの苦手だし、久留里ちゃんと関わる時間も多いし……妙に心配になってしまってね」

確かに、言うことはいちいちもっともだ。俺は嘘が下手だし、リスクは倍増した。

それにしても血がつながらないと知らされたのに、父に対する感情も距離感も、俺は何も変わっていない。ほんの少し寂しさがあるくらいですんでいる。そのことに安堵《あんど》を覚える。もともとの距離感がほどよかったのだろうか。久留里に対しても同じように思えたらよかったのだが。

一人待たされていた久留里は駅構内の雑貨屋のショーウィンドウを眺めていたが、さっそくナンパされていた。父が途端に目を剝《む》き、鬼神のごとき形相で現場に駆け寄っていく。

「ウチの娘に何か」

巨大な体軀《たいく》の父が久留里の背後でそう言っただけでナンパ男は逃げていった。普段は温和な雰囲気だが、こういうときだけマル暴みたいな顔になる。

久留里はナンパなんてよくあることなのか、気にもしていない様子で言う。

「ねえねえ！　男同士で、どんなスケベな話してたの？」

父と顔を見合わせた。

「なんでもない」

「うん。なんでもない」

「うわぁー！　やっぱりスケベな話なんだ！　どんなスケベな話？　私も入れてよ！　たぶんコウちゃんよりは詳しいよ！」

四葉といい……うちの妹たちはそこそこポジティブなのが救いだ。

「実は……四葉の宿題が母親の仕事についてのインタビューで……」

それだけ言うと父は「なるほど」と言って深く頷《うなず》いた。

家族三人で立ち尽くす街は夕方を終え、すっかりとその色を夜へと変えていた。

目の前を行き過ぎるサラリーマンや学生をなんとはなしに見ていると、父が口を開く。

「光雪くん、久留里ちゃん、今日は三人で夕ご飯食べていこうか」

「え？」

「いいの？」

「ああ。作戦会議だ。母さんには私が連絡を入れるよ」

「そうだね〜。家だと話しにくいもんね！　いいと思う！　いいと思う！」

いかにも仕方ないふうに言いつつも久留里は降って湧いた外食に明らかにテンションを上げていた。

父が母に連絡を入れ、店の多い通りに向かって揃《そろ》って歩き出した。

「どこがいいかな。寿司《すし》屋はどうかな？」

「ああ、俺はべつにどこでも……」

そのとき父の背後から小さな声が聞こえた。機械音声のような不自然に高い声だ。

「オニク」

父と俺が黙っていると音量が少し上がった。

「オ肉！」

そこからロボットボイスは鳴り止《や》まなかった。

オ肉ロボがうるさかったため、寿司屋ではなくステーキハウスとなった。

店に入り注文が済んだころ、家族LINEに『早く帰ってきて～‼』という言葉と共に泣き顔の絵文字が大量についたものが入っていた。

よく考えたら四葉と二人でいたら宿題のことを直接聞かれるのは目に見えている。

母よ。うまく逃げたつもりが策士策に溺れるとはこのことだ。

「まぁ、母さんは土壇場《どたんば》の力がすごいタイプだから、うまく切り抜けるんじゃないかな」

父が呑気《のんき》な声で言う。確かに母は仕事でも締め切りギリギリになってから驚異的なスピードを発揮させるタイプらしく、自分でも「最初からこのスピードが出せてれば三日で終わっていたのに……」などと呆然《ぼうぜん》と独りごちているのを見かける。

「ところでさぁ、パパ。そろそろ聞かせてよ」

「ん？」

「パパとママはどこで会ったの？　昔から大きくなったら教えるって言って、ずーっとはぐらかしてきたでしょ」

「んんんん？」

父が笑顔で固まった。そして、おしぼりで顔を熱心に拭き出した。

俺は知っている。つい先日、父と母は保育園で会ったと言っていた。なんてことのない健全な出会い場所だ。それはおそらく真実だろう。しかし、結婚して子供が生まれてから預けたはずの保育園で二人が出会っていてはおかしいのだ。言えるはずがない。

本来俺は知るよしもないことなので、口を挟みにくい。とりあえず目の前にあったコップの水をぐいと飲んだ。

父も笑顔で水を一気飲みしていた。よく見るとその額には汗が浮いている。

ずっと問題のない平和な家族だとばかり思っていたが、意外にもわが家には秘密が複数存在した。いずれも両親に悪気はないが、知らせる時期を考える必要がある難問だ。

「ママに言っても創作と誇張が激しい上に聞くたびに違うこと言うんだよ。パパ、純然たる事実だけを教えて」

「はっ、恥ずかしいから……また今度ね」

「やっぱり……」

「えっ」

「私前から疑ってたんだけど……」

「う、うん？」

久留里の言葉に父が目を見開いて顔を近づける。俺も黙ったまま横目で久留里を見た。

久留里は少し声を落として真剣な顔で言う。

「パパが昔、逮捕したのがママだった？」

「……久留里ちゃん。ママをなんだと……それはないよ。ママは会ったときから素敵な人だったよ……明るくて上品そうで綺麗《きれい》なのに時々ポロッとえげつない下ネタが入るから度々びっくりさせられ……」

「こちら、ステーキセットのサラダです」

サラダが先に来て会話が中断された。人参《にんじん》とキャベツの千切りにオレンジ色のドレッシングがかかっている。久留里は二年前の汚れた雑巾が引き出しから出てきたのを見つけたかのような視線でそれをチラ見してから目を逸《そ》らした。

「じゃあ本当はどこで会ったの？」

父はものすごい勢いでサラダを口に詰め込み、それをごくゆっくりと咀嚼《そしゃく》することで時間を稼いだ。しかし不幸にも口がでかいため、サラダの皿はそこで空となり、追加で口を塞ぐものがもうなかった。その間、久留里は目を逸らすことなくじっと父を見ていた。

「久留里……とりあえずサラダを食え」

「え？　サラダ？　それは私の嫌いな言葉です」

俺の催促に久留里はものすごく嫌そうな顔をしてサラダに視線をやった。皿に虫がのって出てきたらこんな顔をする人もいるかもしれない。

「私、煮物揚げ物の野菜はまだ我慢できるけど、サラダだけは本当に許せないんだよね。

なんで生えてたままの植物食べなきゃならないの？　つまらないよ」

久留里《くるり》は、ふん、と鼻を鳴らし、そっぽを向いた。野菜が気の毒になる嫌い方をしているが、ひとまず注意が逸れたことに父がほっとした顔をした。

久留里はなおも野菜の悪口を言おうと口を尖《とが》らせていたが、じっと睨《にら》むと諦めたように黙った。そして、はぁ、と絶望感の高いため息をこぼしてから、サラダのキャベツを口に入れた。サラダ抜きの注文には俺がさせないので、毎回文句は言いつつも結局全部食べるのが久留里の偉いところだ。

しかし、食べているときのその顔は虚無に近い。家族も友人も仲間も愛する人も、そのすべてを失う壮絶な経験をしたあとの戦士のようだった。気が狂うほどの悲しみも、喪失の痛みも、もう通り過ぎた。自分だけが生き残ってしまったこの世界で、戦士にとって大切なものはもう何もなく、ただ呼吸をすることで生き長らえている。

そんな、うつろで何の感情も宿さない無表情でサラダをしゃくしゃくしていた久留里だったが、再びやってきた店員の気配にぱっと鮮やかな生気を取り戻した。

ステーキが来たのだ。

たっぷりのコーンを脇に備え、上には四角く分厚いバターがのっているステーキは今もなお、鉄板の上でじゅうじゅうと音を響かせている。

「一パウンドステーキ、ミディアムレアのお客さま」

「はい！　はい！　私です！」

久留里がぱっと瞳を輝かせ、片手を挙げて元気よく返事をした。

肉を目の前に配置した久留里は満面の笑みだ。生きる喜びに満ちている。

写真を一枚だけ撮ってから、いそいそとナイフとフォークを構え、まるで恋する乙女のようないとおしげな熱い眼差《まなざ》しをステーキに送っている。久留里は肉を前にすると大抵のことは忘れて大人しくなるのが幸いだ。今はもうたぶん四葉《よつば》の宿題のことも、両親の出会いのことも、嫌いな野菜のことも思考の遥《はる》か彼方《かなた》にあるだろう。

普段お調子者で集中力もない久留里だが、今だけは真剣に、丁寧に肉を切っていた。

切り分けた肉の、肉汁の滲《にじ》む薄ピンク色の断面を見つめ、ふっと口元を緩める。

ニンニク醤油《じょうゆ》のステーキソースにたっぷり肉を浸してから口元まで運び、うやうやしく口に入れた。

その瞬間は目を閉じていっそ小難しいことを考えているかのような表情だが、頭の中は肉一色だろう。もぐもぐと咀嚼しながら、頬がだんだんと紅潮していき、なんとも幸せそうな顔になっていく。その表情は天界で生まれたばかりの天使がラッパを手に、光射《さ》す雲の狭間《はざま》を飛びまわっているかのようだった。この美しい世界には素晴らしいものがたくさんある。そんな希望に満ちた顔だった。

俺も父も、とりあえずその幸せなステーキ顔を見つめてから各々《おのおの》のステーキへと向かい合った。見てからだと肉が二割増しでうまくなるのだ。

食べ終わったころ、家族ＬＩＮＥには母の『タスケテタスケテ……』の文字がずらりと並んでいた。ホラー風味で笑いを誘っているうちは大丈夫だ。ほかの二人もそう思ったのだろう。父は頷いてから黙ってスマホを置いた。久留里はさっき撮ったステーキの写真をそこに送っていた。

食後のコーヒーを飲みながら三人で沈黙していた。

「さて……どうしようか。光雪《こうせつ》くん、何かある？」

「フリーランスのライターとかにしてぼやかすのはどうだろう」

「学校にはそれでなんとかいけても四葉ちゃんが知りたがるんじゃないかな。四葉ちゃんはつねづねママの部屋に入れないことに不満を表明している。そんな仕事なら入ってもいいとなってしまうかもしれないよ……」

俺と父の会話を黙って聞いていた久留里が口を挟んだ。

「四葉に隠そうとするからややこしくなるんじゃない？」

「え？」

「私は四葉には、正直に話してもいいと思うんだよね」

「いや、しかし……」

「四葉はまだ小三になったばかりだぞ……」

父と二人で異を唱えた。どのくらいのショックを与えるかわからない以上、せめて小六、あと三年くらいは待ってもいいんじゃないだろうか。

「具体的に職業名を言わなくてもいいと思うんだ。悪いことをしていなくても世間にあまりいい顔をされないお仕事があるということだとか、それでもママは一生懸命それをやっていることだとか、そんなのを四葉にきちんと伝えた上で、回答をみんなで作っていけばいいと思う」

久留里は水を一口飲んでから続ける。

「四葉も納得して、嘘《うそ》はつかずに職業はぼんやりさせて、それでもママのお仕事に対する真面目な気持ちのこもった回答があると思う」

久留里の言葉に俺は父と顔を見合わせた。まだまだ子どもそのものだと思っていた久留里は、思ったより大人だった。

「久留里ちゃんは美形だから……真面目な話してると近寄りがたい神々《こうごう》しさがあるね」

「パパ……ふざけないの！」

「いや、すまない。久留里ちゃん、いいこと言った。その方針でいこう」

父の言うこともわかる。久留里は基本ふざけた奴《やつ》だから周りに親しまれているが、黙って真面目な顔をしていると、美少女過ぎて周囲を緊張させかねない迫力がある。

そして、真面目な顔をしていると、その表情はもう、久留里がかなり大人に近づいていることを実感させられる。

おちゃらけた性格の奥に覗く大人の久留里は、知らない人のようで、俺は見てはならないような軽い恐怖を覚える。いつものようにふざけてくれていたほうが安心するかもしれない。

「しかし、本当にそんなのできるかな……」

「コウちゃんならできるから大丈夫！」

最後にぶん投げてきた。

＊　＊

店を出てからケーキ屋に寄った。父は母の機嫌を取るために甘いものを買うつもりのようだったが、なかなか熟考していた。俺と久留里は外の自販機でペットボトルのジュースとお茶を買い、店の前に二人で立って待っていた。

久留里が足元の小石を靴でいじりながら言ってくる。

「ねーねー、コウちゃん、パパ、何か隠してるよね」

「何をだ？」

「パパとママとの出会い。あれ、なーんかあるよ」

「……単に照れくさいんじゃないか」

「家族にまで照れることないよ」

「家族だから照れくさいこともあるだろ」

「そうかなあ」

久留里は不満げに言ってから俺の顔を覗《のぞ》き込んでくる。端整な顔が至近距離に近づき、大きな瞳が俺を覗き込む。ドキッとした。

「コウちゃんも私に隠しごと、あるよね？」

「げっふぉ」

突然言われて飲んでいたペットボトルのお茶でむせこんだ。

「大丈夫？」

背中をさすられ、ゲホゲホしながらこくこくと頷《うなず》いた。

「私、コウちゃんにはなんでも言ってほしいな」

「久留里は……お前は何かあるのか？」

ようやく回復してきたので即座に質問を返した。

「コウちゃんに？　隠しごと？　ない！　同じ股から生まれた尊い存在なんだから、隠しごとなんてしないよ」

「股っていうな。腹にしろ……」

「でも、コウちゃんはあるよね？」

「なっ⁉　……ない！　ない！」

そして、実際は同じ股ではない。秘密を持っているのは両親だけではない。

少し前までは隠される側だったが、俺も隠す側にまわってしまった。

そして家族の変化に気づきやすい久留里は、俺の変化を感じ取って疑っている。

「とにかくさぁ。コウちゃん最近あやしいんだ」

「あ、あやしくない」

そのとき、父がケーキの箱を手に店から出てきた。久留里の注意が逸れて、俺は窮地を救われた。

家に戻ると四葉は眠くなったらしくもう寝ていて、宿題は終わっていた。

母がドヤ顔で渡してくるプリントを、父と久留里と一緒になって俺も覗き込んだ。

そこにはお菓子会社の事務の仕事内容が書き連ねてあった。

「ママ、なにこれ」

久留里が首を捻《ひね》り、父が頷いた。

「ああ、新卒のとき入ったって言ってた会社だね」

「うんそう。三か月で辞めたやつ」

いいのだろうか。そう思ってプリントから顔を上げて母を見る。

母はニヤリと笑った。

「ふふん……今の職業とはどこにも書いてない」

「とんち！　ママのとんちだ！」

＊久留里と兄の秘密

その日、私は午後五時前に帰宅した。

リビングではママが小町の新曲の鼻歌を歌いながら洗濯物を畳んでいた。

「ただいまー、コウちゃんは？」

「道場寄ってくる日じゃなかった？」

「今日はピアノだから、もう少ししたら迎えにいく～」

「あ、そっか。四葉は？」

ママのそばに座り込んで、話しかける。

「そうだ！　ママ、最近コウちゃん変じゃない？」

「え？　そう？」

最近コウちゃんは、私に対して秘密を持っている。

ずっとおかしいとは思っていたけれど、先日パパと三人で食事をしたあと話したときに、疑惑は確信へと変わった。コウちゃんは本来隠しごとが下手なタイプだ。いつもまっすぐな目線が面白いほど泳ぐのですぐにわかる。

コウちゃんが急に距離を取るようになったのは、隠している秘密に関係しているかもしれない。そう思ってママにも探りを入れてみることにした。

「うーんと……そうだな、四月ごろから変わったんだ」

「………入学式のころ？」

「そう！　だいたいそれくらい。よくわかったね」

「あら！　適当に言っただけなのに、天才かな」

「なんか知らない？」

「えー……知らないけど、彼女でもできたんじゃない？」

「か……彼女⁉　そうなの？」

「いやいや、わかんないけど、そういう年齢だし、コウくんもあれでモテそうだしねー
……あ、くんちゃん、この洗濯物、コウくんの部屋に置いてきてくれない？」


彼女。

想像もしていなかった。

コウちゃんに彼女ができる。そんなのはあったとしても、もっと先だと思っていた。コウちゃんに限って、高校生で彼女を作るような人ではないという、勝手なイメージだった。

けれど、確かにほかにコウちゃんが隠したがるようなことが思いつかない。

現状にそんな可能性が存在していると気づいたとき、私の中の『家族が最強』が大きく揺らいだ。

生まれたときから家族だなんて、あとから手に入れようと思っても不可能な絆《きずな》だし、特別な運命だとばかり思っていた。けれど、よく考えたらその家族というものは、年齢がいけば優先順位は恋人に置き換わり、やがて新しい家族というものに取って代わられる可能

性があるものだった。

いや、彼女なんて……しょせん他人じゃないか。

家族は別れたり変わったりすることもない。だからやっぱり家族のほうが強いはずだ。

そうは思いつつも、私の中で危機感が急激に膨れ上がって警報を鳴らしている。

コウちゃんは糞真面目《くそまじめ》だから、一度でも恋人を作ったら結婚しかねないタイプでもあるからだ。

頭の中に生徒会副会長の渡瀬《わたらせ》先輩の顔がぼんやり浮かんだ。

ちょっと焦《あせ》るような気持ちでコウちゃんの部屋に入って洗濯物をぽいと置いた。

そうしてついでに何か変化を見つけようと部屋の中をなんとはなしに観察した。

たとえば彼女ができたら……部屋に増えるもの。なんだろう、避妊具？　いや、コウちゃんはたとえ彼女ができたとしても性格的に十八歳までそんなことはしないかな。そうしたら写真とか……それもあったとしてもスマホの中だ。気になって仕方がないけれど、勝手に部屋を探るのはよくない。

そう思って部屋を出ようとしたとき、ふと気づいた。

学習机の引き出しがひとつ半開きになっている。引き返して中を覗くとそこにはタブレットが入っていた。コウちゃん、こんなの持ってたんだ……。

クリスマスとか誕プレで買ってもらっていた記憶はないから、自分で買ったのだろう。
不思議に思って手に取って、側面のボタンを押すとぱっと起動した。
そうして画面を見て、私は目を見張った。
桧山真琴《ひやままこと》（ジャージ）
鴻上絵梨《こうがみえり》（ワンピース）
望月瑠衣《もちづきるい》（体操着）
木戸花梨《きどかりん》（制服）
そこには女性の名前と服装が書いてある画像データがずらずらといくつも並んでいた。
背筋がさーっと寒くなった。
何これ。犯罪の匂いがする。コウちゃんは日頃あんなに真面目なのに……いや、真面目だからこそ陰では女性を調べ上げて盗撮していたりするのだろうか。私のお兄ちゃんは変態だったのだろうか。
固まっていると背後でガチャリと扉が開く音がした。
「うぎゃあああああ！　不審者が出たぁー！」
「うわあああぁ！　不審者はお前だー！」
叫んだあと、コウちゃんは私に気づいて息を吐いた。

「なんだ、久留里《くるり》か……勝手に部屋に入るなよ」

「コウちゃん……桧山真琴さんって、誰？　どこで会ったの？」

コウちゃんがさっと顔色を変えた。

「……なぜ、お前がその名を知っているんだ」

「やっぱり……ねえ犯罪行為はやめなよ……」

「犯罪行為？　……それよりその名前……あっ！　まさか、それを見たのか⁉」

コウちゃんが私の手にあるタブレットを見て目を剝《む》いた。

「見たよ。中身まではわからないけど……」

「ならよかった」

「ぜんぜんよくない！　その……もしかして欲求不満で鬱屈してるの？　なんか衣装着てほしいなら私が着るし……妹はお兄ちゃんを抜いてあげるのが常識だってこの間読んだし」

「どこで見た！　そんな地獄みたいな常識をどこで見た⁉」

「ママの漫画……コウちゃんをまっとうな人の道に戻すためなら私、やぶさかでないよ！」

「読むな！」

「うわーん！　コウちゃん盗撮なんてしちゃ駄目だよ～」

「盗撮？　なんの話だ……そんなことするわけないだろう」

「してないの？　じゃああの、たくさんの名前はどこから？」

「……うん。酷《ひど》い想像をされていたことはわかった……安心してくれ。断じて人様に迷惑はかけてない」

よくわからないけれど、罪は犯していなかったようだ。ひとまずそこに安心した。

「ねえ、じゃあなんなの？　勝手に見ちゃったのは悪かったけど……気になるよ」

「そんなの……なんでもいいだろ」

「よくない。女の子の名前ばっかりだった」

「…………」

「やましいことがないなら教えてよ！　鴻上絵梨って誰！　言わなきゃひん剝いて無理やり抜くぞ！」

「とんでもない脅迫をするな！　彼女は、高校二年生の……女子だ……お嬢さんだ」

「コウちゃんとはどんな関係なの？」

「か、彼女とは……そういうヘンな関係じゃない……」

「じゃあ、どんな関係なの？　私には会わせられないの？」

半ベソで夫の浮気《うわき》を問い詰める妻のような詰問《きつもん》を繰り返していると、追い詰められたコウちゃんがどんどん遠い目になっていく。やがて、コウちゃんは、がっくりとうなだれた。

「わかった……見てみればいいだろう」

そう言ってコウちゃんがデータを開いて見せてくれた。

それらはすべて、可愛《かわい》い女の子のイラストだった。

一人一人に個性があって、顔を見ただけで性格が想像できる。気が強くて明るい子、控えめで大人しそうな子、男の子っぽい子、お嬢様な子、恥ずかしがりの子。そしてどれも鮮やかな状況まで想像される生き生きとしたものだった。胸が大きめの子もいたけれど、全体的に露出は抑えめで、それなのに匂い立つような上品な色気は感じられる。素直にどれも可愛かった。

「うわー、うまいね。え、本当にコウちゃんが描いたの？　ママの絵にちょっと似てる……ねえこれ本当にママが描いたんじゃないの？」

「…………はぁ。俺だ……今すぐ忘れてくれ」

ムスッとした表情でボソボソとこぼしたコウちゃんはだいたいいつも通りなのに顔色だけが真っ赤だった。

「なんで名前までつけてるの？」

「俺が尊敬と共に密《ひそ》かに追っている神絵師が……人物の絵を練習で描くときに、何も考えずに描くのではなく、一枚絵でもその人がどんな子なのか、それから場面はどういったシチュなのかを想像するとキャラクター性や臨場感が出てうまくなると言っているのを見たことがあって……それが頭に残ってたんだ。だから全員に名前と状況設定がついている」

「あ〜、なるほど〜。毎回それで律儀《りちぎ》に描いてるのが生真面目なコウちゃんらしいね」

コウちゃんは将来、パパと同じ警察官を目指すと公言しているので、仕事にしたいとかではないのだろうけれど、ママの血筋もきちんと持っているんだ。なんだか嬉《うれ》しくなった。

「はぁ……もういいだろ。早急に記憶を消してくれ」

「まだ……あっ、この子可愛い。すごい好み。ほかにもないの？　もっと見たい！」

それにしても意外だ。可愛い女の子のキャラを夢中になって見漁《みあさ》っていく。

しばらくして見るとコウちゃんが部屋の隅で膝を抱えて落ち込んでいた。

「……コウちゃんなんで落ち込んでるの？」

「隠してたものを見られたら落ち込むだろ」

「なんで隠してたの？」

「それは……俺らしくないからだ……」

「えー、コウちゃん、他人からどう見えるかを気にしすぎだよ。こんなのむしろ見せびらかしてもいいレベルだよ！」

「お前は気にしなさすぎだ……俺は人並みに気にする」

それはそうかもしれない。私はコウちゃんほど〝他人から見た自分〟や〝社会常識のかくあるべき〟を気にしない。最低限のモラルさえ持って踏み外さなければ、そこまで気にする必要性を感じない。

「でもこういうの、隠してなきゃ普通なのに隠してるとそこはかとなくキモい感じが出ちゃうよ」

「それは……確かにそうかもしれないが……」

「これからはオープンで行こう！　ママにも見せ……」

「……なくていい！　黙っていてくれ」

うーん。オープンなほうがムッツリスケベ感出なくていいと思うけど。

でもコウちゃんと秘密を共有するというのも悪くない。

「わかった。黙ってる！　二人だけの秘密ね！」

そう言うと、コウちゃんがほっと息を吐いて、ようやく笑った。

「まぁ、でも、知られたのが久留里でよかった……」

「えっなんで？」

「うん、お前はそういう性格だしな……」

「……よくわかんないけどすごい嬉しい」

コウちゃんに存在を認められたような感覚で、胸が満たされていく。

じわじわと膨らんだそれが爆発しそうになって、抱き着こうとしたらサササッと枕でディフェンスされた。

「チッ」

私は舌打ちをした。ちくしょう。ぎゅうぎゅうしたかったのに。

ちょっとぐらいいいだろ。減るもんじゃなし。兄妹《きょうだい》なんだから。

脳内で婦女に狼藉《ろうぜき》を働こうとした与太者のようなことを思いながら、枕をギリギリと抱きしめた。コウちゃんは乙女みたいな仕草でタブレットを両手で抱え、そっと引き出しにしまっていた。

それにしても、長年一緒に暮らしていたけれど、コウちゃんにこんな趣味や特技があったなんて知らなかった。家族のためにばかり動くコウちゃんが、いつの間にか密かな趣味を見つけて育てていた。

家族というのは近くにいてなんでも把握しているようで、やっぱりまだまだそこには雑多な秘密が潜んでいる。私だって、わざわざ言うほどでもないから言わないこと、言うと怒られそうだから隠蔽していること。そんな小さな、秘密未満の言ってないことならいくつか持っている。そういう小さなものが積み重なって、やがて知らないことの分量のほうが増えていくのかもしれない。

それでも、暴いてしまったコウちゃんの秘密が彼女とかでなくてよかったと、私はホッとしていた。

ただ、この趣味に関してはコウちゃんがよそよそしくなった理由とは無関係な気がするので、やっぱりそこはわからないままだった。

もしかしたら、案外秘密なんてなくて、ある日突然大人になってしまっただけかもしれない。

それはそれでとても寂しく感じられた。

第六章　兄妹の絆《きずな》の奪還

その週末は父が出張だった。

父を送り出したあと、残りの四人で居間にいた。母が呑気《のんき》な口調で言う。

「今日の夕飯ウーバーイーツか出前館にしちゃおうか？」

「お肉？」

「くんちゃんその返事どうかと思うよ〜。日本語でどうぞー」

「肉肉、ニック……ニクニク」

「あはは。お肉ロボットだー」

母と久留里が間の抜けた会話をしているところに、母のスマホが着信した。

「あら、お母さんからだ〜。もしもーし」

明るい声で通話ボタンをタップして耳に当てた母は、廊下に出ていった。

「えー？　それは大変じゃない」だとか「それはそうだけど……食料品とか、トイレットペーパーとか、ほら」などと漏れ聞こえてくる。

「え、仕事はあるよ。ぜーんぜん終わってない、でも今日一日くらいなら行けるから

「…………うんうん」

そこから廊下をウロウロ移動しているのか、声が遠くなり、よく聞こえなくなった。

久留里《くるり》と顔を見合わせていると、通話を終えた母が戻ってきた。

「どうかした？」

「それがさあ、おばあちゃん階段で転んで腕を骨折しちゃったんだって。運転もしばらくできないみたいだし、私ちょっと行って数日分の雑貨と食料品買って、作り置きとかしてくるわ〜。仕事も終わってないから明日の午後には帰る」

それに対して俺と久留里が「大変だね、いってらっしゃい」「おばあちゃんによろしく伝えて」と答えた。祖父が亡《な》くなり、祖母はここから車で一時間ほどのところに一人で住んでいる。骨折したら大変なことは目に見えている。

しかし、そうやすやすと納得しない者が一名いた。

「……四葉《よつば》も行く」

その場が沈黙に満たされた。全員が四葉を見ていた。

「えっ、それは……」

怪我人《けがにん》のための世話に行くのに、四葉にできることはさほどない。むしろ八歳が一緒だと逆に大変になるかもしれない。

「四葉、俺たちと一緒に留守番するんだ」

四葉はふるふると首を横に振った。

「四葉、お家《うち》にいよ？　なんか楽しいゲームとかしよう？」

久留里の説得にもふるふると首を振る。

「ママと行く」

「よんちゃん。ママすぐ帰ってくるから、ね？」

「帰ってきても、どうせママ仕事ばっかりだし……」

これには母がうっと言葉を詰まらせた。

四葉は口を尖《とが》らせたまま、譲ろうとはしない。もう八歳であったが、年齢よりだいぶ幼く見える四葉がそうしていると完全に幼児のようだった。

「寂しい。四葉もママと一緒に行く」

四葉はうつむいていたが、そう言って顔を上げる。その目は潤んでいた。

その目を見た途端、母が陥落した。

「よんちゃん……！　いつも構ってあげられなくてゴメンねぇ！　行こう、ママと一緒にどこまでも行こう！　地獄にだって連れていくわ～！」

「いや、ママ、地獄に行くときは留守番させようよ……」

母に抱きしめられ、母の肩から顔を生やした四葉が無表情のままスッと、高らかにピースサインを寄越してきた。静かに勝利を誇っている。四葉のこういうところは少し久留里に似ていると思う。

四葉の出かける準備を手伝うため、久留里が一緒に四葉の部屋に行った。そうして二人だけになると母が俺に言う。

「コウくん……くんちゃんと二人でお留守番……大丈夫？」

「問題ないだろ」

以前ならそこで終わっていた話だったが、母は少し眉を下げてためらいがちに続けた。

「……でも、年頃だし……」

そんなことを言い出した母に驚いたし呆《あき》れた。

「昨日今日会った兄妹じゃあるまいし、そんな心配する必要ないだろ……」

「……ちょっと待って！　今なんて言った⁉」

「昨日今日会った兄妹じゃ……」

「ちょっとメモする！　スマホどこ……」

「母さん、俺の言ったことを仕事に使おうとするのやめてくれ！」

「個々のモノローグは近親相姦《そうかん》ものの大事な……いつも一緒になっちゃまずいし」

「……母さん……言いにくいんだが……」

「え？　なになに？」

「……仕事のしすぎじゃないのか」

言われた母はハッと自分の両方の頬を押さえた。

「……そうかも！　そ、そうだよね！　留守番なんて普通にあることだよね！　私ったら日ごろから年がら年中、兄と妹とか姉と弟のまんぐり……っ」

「母さん！」

「あ……」

母が慌てて自らの口元を押さえた。この人、ちょっと油断するとすぐまんぐり返そうとするし、隙あらばまんぐり発言がこぼれる。しかし、本当に仕事ばかりしていて脳が切り替えを失い疲れているのかもしれない。恐ろしいことだ。労《いた》わらなければ。ホントごめん。

「いやぁ、最近くんちゃんがおかしかったから……少し心配になっただけ。脳、沸いてたわ。コウくんなら大丈夫だよね」

母は常に自分の嗜好《しこう》に忠実にきょうだいの近親相姦漫画を描いているが、現実の自分の子どもにそれを望むことはないらしい。正直ものすごく安心した。

「当たり前だ。俺と久留里は以前と何も変わらない。母さんはこの機会に少し脳を仕事と切り離して休めてきたらいいんじゃないかな」

母を安心させるため、また自分にも言い聞かすようにはっきりと宣言した。

「変なこと言ってごめんね。気にするほうがよくなかった……」

「いや……確かに久留里は最近少しおかしいから、俺が気をつけて見ている」

「ありがとうコウくん！　さすが！　わが家にしっかりした長男がいてよかった！　頼りにしてる！」

「任せておいてくれ！」

俺は家族に頼られるのに弱い。そして、母は俺の乗せ方を熟知している。

「それじゃあ、戸締りちゃんとしてね」

「はーい」

久留里と一緒に駐車場で母の車を見送ったあと、二人で玄関の中に戻った。

つんつん、脇腹を指先でつつかれる。

見ると久留里は口元を片手で押さえてにしししと笑っていた。

「……なんだ」

この時点で俺の『嫌な予感レーダー』は派手にビービー音を立てていた。

「コウちゃん！　今日こそ、一緒にお風呂《ふろ》に入って！　仲良く一緒に寝よーね！」

思わず、口をあんぐりと開けて久留里を見た。

「ん？」

にへ、と笑みが返される。

「この……」

「え？　にゃに？」

「この……馬ッ鹿者があぁぁ‼」

俺の勢いに、久留里は熊が威嚇するような体勢で無意味に「がしゃあああぁ！」と返してきた。日本語すら発していないのに、反発されたことだけは伝わってくる。強い。

威嚇行動のあと、すぐに上機嫌になった久留里はニコニコしながら居間へと戻っていく。

「コウちゃん今日、ご飯どうしよっか」

「出前か……何か食べたいものがあれば俺が作るが……」

「そうだ！　コウちゃん、今日は私がお昼ご飯作るよ」

「……昼から焼肉はちょっと……予算オーバーになる」

「わ、わかってるって！　ふつーの一般的人間のお昼」

「たとえば？」

「うーん、焼きそば！」

「……認めよう」

「……信用がなさすぎる」

とりあえず昼と夕飯の材料を買いにいくため、二人で家を出た。

スーパーが遠くに見えてきたころ、隣から陽気な音楽が聞こえ、久留里のスマホが着信した。スマホの表示を見て「はいはーい」と元気に出た久留里だったが数秒後に表情を曇らせた。

「え？　今日？」

久留里は俺の顔をちらと見てから少し離れた物陰で一分ほど通話をしてから戻ってきた。

「おまたせー。行こ」

「なんだったんだ？」

「駅前にできた新しいお店が私が好きそうな感じなんだって」

「そうか、じゃあこれから遊びにいくのか？」

「んー、でも、今日は忙しいから断った」

「……忙しいか？」

今日ほど暇な休日はないくらいに暇だろう。久留里は友人は多いが、大抵いつも俺を優先させる。これは友人のいない俺を可哀《かわい》そうに思い、気を遣っているのだろうと判断した。

「久留里……俺のことは気にせず遊んできていいぞ」

「えっ」

「俺はお前と違って友人は少ないが、べつに家で一人でも……」

「そーいうわけじゃないけど」

「いや、でもまったく忙しくないし、家のことも俺に任せて……」

「わ、私は！」

久留里がさえぎって睨《にら》んでくる。

「……コウちゃんと、過ごしたいの……！」

どこか恨みがましいジトッとした目で鼻息荒く言い切った久留里は俺の手をがしっと摑《つか》むとさっさと歩きだす。この顔。こうなると意見などは到底聞き入れない。それ以上の言及は止《よ》した。

スーパーの前にいたキッチンカーを見た途端、久留里の足が止まり、視線がそこにロックした。見ていると、ゆっくりと目を閉じ、漂ってくる匂いに鼻をふんふんさせている。

そうして目を開けたときにはだらしなくほんわかした顔つきになり、フラフラとそちらのほうに向かって歩き出す。その襟首をガシッと摑んで止めた。

「待て久留里《くるり》。入口はそっちじゃないぞ」

「えっ……でも焼き鳥屋さんあったよ？」

あたかも最初からの目的地であったかのような顔で言ってくるので恐ろしい。

「……焼きそばは？」

「コウちゃん、折り入ってお願いがございます」

「なんだ」

「焼き鳥を買ってもよろしいでしょうか？」

「いいけど焼きそばは？」

「そっちは夕飯にする……今本能が焼き鳥をロックした」

「おい……理性は肉に勝てないのか？」

「勝てたことない……」

「肉欲、強烈だな……」

「スケベみたいに言うのはやめて。買ってくるね」

俺は近くの自販機で緑茶を買い、スーパーの扉近くにあるテーブルベンチに腰掛ける。

「コウちゃんおまたせ。買ってきたよ！」

モモ、皮、ハツ、ネギマ、カシラ、つくね、ぼんじり。大量の焼き鳥が透明のパックに入れられてやってきた。なんのパーティだという量だった。

「適当に好きなのとっていいよ」

そう言った久留里がさっそくタレのたっぷりついた皮を頬張った。そしてしみじみと噛《か》みしめるように味わっている。

「うーん。有意義な休日だなあ」

「そうか？」

たまの休日なのだから、野暮ったいスーパーの真ん前のベンチで兄なんかと焼き鳥を食べているより、多少なりとも発展している駅前まで行って友人と遊んだほうがよほど有意義な時間の使い方に思える。

「友達と騒ぐのもまあ悪くないんだけどさ……やっぱコウちゃんと過ごすのはだらーっとしてていいんだよねえ」

久留里が言ってペットボトルのお茶をごくごく飲んだ。一気に飲んでぷは、と口元を拭うそのさまは、やや親父《おやじ》臭いが充足感に満ちている。

確かに、友人と過ごすのとはまた違った気の抜けた感じなんだろう。

家族には家族のよさがある。

何も気取らない。緊張もしない。それが家族のいいところだ。

なんとなくしみじみとする。もし両親がそれぞれの子どもを別の保育園に預けていたら、もし、再婚しなかったら、俺たちは今ごろまったく別々の場所にいただろう。血のつながっていない二人がこうして今、一緒に焼き鳥を食べているのもかなり数奇なものだ。ベンチから見える、歩道を一本越えたところにある公園で子どもがボール遊びしているのが見える。空には飛行機雲が一本流れていた。

家族連れが休日の買物で近くの扉を入っていき、また別の家族が出てくる。ふと視線を正面に移すと妹が手をタレでベタベタにしながら熱心に焼き鳥を味わっている。

一分の隙もない、のどかな休日だった。

特に予定もない。ゆっくりと時間をかけて焼き鳥を食べたあと、向かいの公園まで行ってベタベタになった手を洗った。

それからようやくスーパーに入店して、本来の目的の買物をした。

「コウちゃん帰ったら何すんの?」

「特に決めてないが……久留里は?」

「ライブか……あ、もものんの映画の復習しようかな」

帰宅して俺が買ったものを冷蔵庫に入れてリビングに戻ると、久留里は言っていた通り、推しの出た映画を観《み》るつもりらしく、テレビの前でリモコンを構えていた。

映画は少女漫画原作の女性向けラブコメ映画で、久留里の推しの〝もものん〟は当て馬として出てくるが、脇役の男とくっついて即退場する。

主演ではないので途中にしか出てこない。一度観ているのでそこまで飛ばそうとしていた。そして、下に出てくる小画面であたりをつけて、登場シーンでぴたりと停《と》める。見事だった。そして再生するなり「うがぁああ〜がわいい〜」と涎《よだれ》を垂らしながら歓声を上げている。何か好きなアングルがあるらしく、戻ってそこで停めたりしている。

「……コウちゃん、これやってみて」

「何をだ？」

「この、壁ドンして顔近づけて低い声で俺のもんになれよって決め台詞《ぜりふ》をさ！　ひとつお願いしまーす」

「何言ってるんだお前……正気の沙汰じゃないぞ……兄妹《きょうだい》で……」

「推しの見た景色を私も見てみたいんだよ！　ひとつ頼みます！」

「そういったものはプロの役者がきちんと整った環境でやるから許されるのであって、一般人が不用意に真似《まね》すると恐ろしい事故につながる危険なものだ」

「うん……たぶん笑いは堪《こら》えられないと思うけど……お願いします」

「最初から笑うつもりだったか……断る」

「百円払う！」

「百円で俺の大事なものは売れない！」

「乙女か！　じゃあとりあえずー壁ドンの形だけやってみよう。あとは想像ですますから」

「組体操みたいに言うな。やらんぞ」

「やろーよー、お願いだよー。こんなの彼氏がいない妹はお兄ちゃんにしか頼めない行為なんだから」

「しかたないな……五秒だ」

あまりにしつこいので体勢だけ作ることになった。久留里が壁際《かべぎわ》に行き、ぱきぱきとした声で言う。

「はい、コウちゃんこっち来て私の耳の横に両手ついてくださーい」

「こうか？」

久留里を腕の中に閉じ込めた。そうすると思ったより小さく感じたことに驚いた。

久留里は大きな瞳をさらに見開いてそこからの景色を確認すると、口元を押さえ、「おおお、しゅごい……こんな感じなんだ……」と興奮した声を上げた。

そうして上目で俺を見て、目が合った瞬間、その動きが止まった。ぶわーっと顔が耳まで赤くなっていく。瞳まで潤みだした。

「…………な、なんだ？」

「……っ、コウちゃんがかっこよくて、ドキドキする！」

叫んだ久留里が壁を背中で擦《こす》りながらズルズルとしゃがみこんだ。

「こ、これ、すごいね！　ねえ、やっぱり台詞も言ってみて……」

「そんな恥知らずな真似できるか！　もう終わりだ！」

茶番も終わり、久留里は今度は推しが出ていたテレビ番組の録画を観始めた。

俺もなんとなく図書館で借りてきた本を持ってきて、ソファに腰掛け読んでいた。

半分ほど読んだところでウトウトしてきた。そしてだんだん読んでる行が前後して進まなくなり、そのまま眠ってしまった。

一瞬覚醒したときに、久留里が俺の膝に頭を乗せて丸まって眠っていた。

最近の心理的習慣として、俺の脳に瞬時に『普通の兄妹はやらない』判定が出た。

どけようと手を伸ばしたが、思い直す。

まぁ、家の中だし、誰が見ているわけでもない。今日くらいはいいだろう。久留里のように友人知人がたくさんいると、外ではそれなりに気を遣うことも多い。家でだらしなく甘えたいときもあるだろう。

久留里は頭を撫《な》でてほしがるが、最近は拒否することも多かった。

急に態度を変えて申し訳ない気持ちもあった。起こさないようにそっと頭を撫でる。

久留里が寝息の中で小さな「ん……」という声を上げた。

口元が弧を描いて、気持ちよさそうにしていたが、起きる様子はない。

さらりとした髪。小さな頭は骨格からして形良く、つるりとした頰は完璧なラインで、
その顔は目を閉じていてもやはり、人形のように整っていた。

そうして見ていると突如、思い出すかのように、またあの感覚に襲われた。

見知らぬ人間を前にしたような、他人のような感覚だ。

そして、また異常なことをしている気持ちになり、俺はその手を止めた。

久留里に対する家族愛は変わっていないのに、よそよそしく距離を取ることに罪悪感はあった。しかし、気づいてしまったのに今までと変わらず異常な距離感で接することにも謎の罪悪感がある。この感覚の正体、構成する細かい感情や理由を俺は知らない。ただ、本能的に正しさを求めてそうしている。

俺はしばらく久留里を眺めていたが、現実から逃避するかのように、再び目を閉じた。

次に目を開けたとき、久留里《くるり》の姿はそこになかった。キッチンのほうから音が聞こえる。

「起きた？　結構寝てたね」

「何やってるんだ？」

「もういい時間だから夕飯作ってるよ」

ついさっき焼き鳥を食べた気がしていたのに、しっかり腹は減っているし、時計の針も進んでいた。俺はそんなに寝ていたのか……。

「はいできたー。そのまま焼きそばだと面白くないからオムそばにしたよ」

チャッチャと用意されたそれは見た目からして綺麗《きれい》で、とてもうまそうだった。

久留里は普段あまり料理をすることはないが、見るからに要領がいい。ちょっと作ったらあっという間に俺より上達しそうな感じがする。勉強でも運動でも料理でも、すべてにおいてだらしなさとやる気のなさでポテンシャルを活《い》かしきってないタイプだ。

夕食がテーブルに並んだころ、両親からそれぞれの夕食の写真が届いた。

父は店の牛丼の写真。母は実家で作ったのだろう、ご飯と肉じゃがと鯖《さば》の味噌《みそ》煮の前で四葉《よつば》が可愛《かわい》らしく手を合わせている写真だった。

久留里が『こっちはオムそばだよ』と写真を送ってから食べた。

「久留里、口元にマヨネーズついてるぞ」

「え？　とってー？」

指先で拭ってやると、久留里はへへっと笑った。

そのあと皿を下げて、洗っているときに気づいた。さっきのは高校生になった妹に当然のようにすることではなかったかもしれない。俺もまだまだ感覚がおかしいところがある。気を引き締めて普通の兄妹を目指さねばならない。

そうして夕食をすませ、時計の短針が七にさしかかるころ、ぽきぽきと指の骨を鳴らしながら久留里が近づいてきた。

「ご飯も食べたし……」

「ああ……」

「おまちかねの入浴ですね！　お風呂《ふろ》いれてきましたよ！」

「……待ちかねてない」

間違えた。近づいてきたのは妹じゃなく、頭のネジがガタガタに外れたモンスターだった。その証拠に妙にギラギラした目つきがおかしい。これは美少女の顔で優しげにして人間が近づくと顔が真ん中からぱかっと割れて丸呑《まるの》みしてくるタイプのモンスターだ。

「一緒にお風呂くらい入れないの？　そんなことさえしてくれないなんて、コウちゃん最近冷たくない？　絶対おかしいよ。何か隠してるでしょ」

「いや、前から一緒には入ってないだろ」

そう言いつつも、少しギクリとした。

馬鹿馬鹿しい話だが、おそらく久留里は俺の家族愛を試している。理由はわからずとも確実に距離を置かれていることに対し強い遺憾を表明してきている。

俺は兄妹の距離感を適切にはしたいが、そっけなくして溝を作りたいわけではない。適切にすることと冷たくすることは違う。家族を大事に思う気持ちはそのままなのだ。そこが伝わらないのは本末転倒だ。

しかし、ここで一緒に風呂に入るのも俺の目的としてはやはり本末転倒だった。

「お風呂！　お風呂！　それくらいできないとは言わせないよ！」

「できるか！」

「なんでよ!?　納得できない！　理由を言って！」

「一般常識だ！」

「私の常識とは違う」

「よし、俺の常識を採用しよう！」

「却下！　人によってころころ変わる……そんな、常識なんていうぼんやりした形のないもの、家族の絆《きずな》の前ではお捨てなさい！」

それでも、母がいないと俺は久留里を拒絶しきれない。

屁理屈《へりくつ》ばかり達者な久留里に対し、俺はごく当たり前の一般論と常識でしか武装できない。そして、不幸なことに久留里は俺が人生で知る中で、最も一般論と常識で納得しないタイプの人間だった。どう考えても常識でおかしいのにその常識が通用しない相手に何を言えばいいんだ。

俺がモンモンと思考する背後では久留里が「おっふろ！　おっふろ！　にゅーよーくっ！」と激しい入浴コールを入れ続けていて、やかましいことこの上ない。

「わかった」

「えっ！」

「風呂ぐらい入れる」

言い切った俺に久留里が息を呑《の》む。

そして、静かに拍手をした。

「よし、行こう！」

まっすぐに伸ばした俺の手を、久留里がガシッと握る。

「コウちゃん、頑張ろうね！」

「ああ！　体の代謝を促し、老廃物を出し、疲れを取り切ってみせるさ」

「コウちゃん……かっこいい！」

見事入浴をして、俺たちが揺るぎない兄妹《きょうだい》であることを、俺は今、証明してみせる。

脱衣所に入った俺は威勢よく「ふん！」と掛け声をかけて上を脱いだ。

「わっ！　私、タオル持ってくるから先に入ってて」

「承知した！」

久留里が小走りに出ていって少し正気に返った。

よかった。目の前で脱ぎ合うとか倒錯極まる状態にはならずに済んだ。モンスターもそこまでネジが外れてはいなかった。むしろ今俺のネジがちょっと飛んでいたかもしれん。

逃げるように浴室に入り滝のようにシャワーを浴びる。

少し正気に戻ったせいでまた頭が混乱に包まれる。

あれ？　俺は何をやってるんだ？

俺が今から一緒に入浴する女は、そういえば俺と血がつながっていない。半分だけとかそういうのでもなく、まったく違う両親から生まれている。

つまり、これはどういう状況だ⁉

俺は血がつながってない、全裸の異性と風呂に⁉

首を横に激しくブンブンと振り、湧いた思考を追い払う。

いやいやいやいや。あれは妹だ。まごうことなき妹。英語で言うとシスターだ。それ以外の何者でもない。家族というのは血ではなく共に過ごした日々によって形成されるものなのだと、俺は十二分に知っていたはずだ。なのにそんなことを思うなんて、俺はゴミか！　ゴミなのか⁉

脳内で激しく自己を罵り、あるべき場所に落ち着ける。無我の境地に達するのだ。

俺は体を洗い、浴槽に乳白色の濁りを生む入浴剤を大量にドバドバと投入し、身を沈めた。入れ過ぎたのか、風呂の湯というより牛乳のような色合いになっていたが、なるべく視界がクリアでないほうがいい。

浴室の外から声が聞こえる。

「コウちゃーん……もう大丈夫？」

「…………………大丈夫だ」

「ぱっと体洗うから！　ごふんかん……こっち見ないでね！」

モンスターの声音に一丁前の恥じらいを確認した俺はものすごく安堵《あんど》した。よかった。

やがて久留里が浴槽に入ってくる気配があったがそこには視線を一切やらなかった。

俺の心の目は一点の曇りもなく、この世ではない何かを一心に見つめ、現実から目を逸《そ》らしまくっていた。

ざぶん、とぷん、と湯が動く気配があり、目の前を見ると久留里がいた。

思い切ってそちらに視線をやったが大丈夫だった。湯気も立っているし、肩から上しか出てない。何が大丈夫かわからないが大丈夫だ。ほっと息を吐く。

それは、妹だった。

脱衣所では血がつながっていない異性の概念と化していた久留里は、改めてきちんと正面から見つめれば、長年慣れ親しんだ妹だった。

風呂など、なんてことはない。入ってみればかなり妹だった。妹そのものだ。ものすごく妹。俺は妹との入浴を達成してのけた。

静かな水面のような精神へと落ち着いた俺とは裏腹に久留里は湯に深く沈み、ぶくぶくと泡を立てていた。

「なんだそれは」

「思ったより……恥ずかしかった」

湯から顔を出した久留里はそう言ってから俺を見た。視線が正面からかち合うと、数秒ぽかんとこちらを見ていたが、はっとしたような顔のあと、みるみるうちに赤くなった。

「あんまこっち見ないで」

じゃあ、最初から言わなきゃよかったのに……思ったが可哀そうなので言わなかった。

久留里は湯を手のひらに掬《すく》って顔をゴシゴシしていた。そして、顔を上げたその表情はどこか浮かないものだった。

「はぁ……なんかちょっと冷静になった。何やってんだろ私……」

だから、もう数分早くその感情に達してくれれば今こんな取り返しのつかない状態にはなっていないというのに……。

「ただの風呂だろ」

「コウちゃん……開き直ると強いね……さすがだよ……私のお兄ちゃんは最強だよ……」

しかし、濁った湯面をぼんやりと見つめる瞳は憂いを含んでいて放ってはおけない。

「久留里……もしかして、何か悩みがあるんじゃないのか？」

最近の久留里はずっと、甘えが過剰だった。俺は両親から告げられた事実に気を取られ、一般的な兄妹の距離感について考えすぎるあまり、彼女の内面に気を配れていなかったかもしれない。

「悩みっていうか……」

「うん」

「コウちゃんが……」

「なんか、よそよそしくて……寂しかった」

「…………そうか」

そのいじらしさに胸を打たれ、俺は思わず勢いよく久留里の肩に手を置いた。

「大丈夫だ！　久留里！」

「わ、わああ！　コウちゃん！　何？」

「俺は変わらずお前を愛しているぞ！」

肩を摑《つか》んで揺さぶると久留里が慌てた声を上げる。

「コ、コウちゃん！　だめ！　むね、見えちゃう！」

「うわああ！　すまない忘れてた！　見えてない見えてない！」

「そっ、そんな大事なこと忘れてたの⁉」

完全に兄感覚を取り戻していたので、うっかりしていた。俺は今、妹と全裸入浴中ということを忘れず、気を引き締めておかなければならない。

「ねえ、コウちゃん、生まれたときにあった家族は……それぞれ結婚したら、家族じゃなくなるよね。結婚しなくても、家を出たりするし」

「結婚しようが、家を出ようが、家族は家族だ。縁は切れない」

「ああ、血はルゥ入れすぎの煮詰まったカレーよりモル濃度が濃いっていうもんね」

「言わん……モル濃度の話じゃない」

そう答えつつも、久留里《くるり》の言葉にドキッとした。血はつながっていない。

「でもさ、結局みんな、最後は他人と家族を作るなら、血のつながりなんかより、他人のほうが強いんじゃないの……？　家を出て結婚する相手っていうのは、たくさんの人の中から一人だけを選んで、その先をずっと一緒に生きる相手だけど……生まれたときの家族なんて自分じゃ選べなくて、ある意味仕方なくそこにあるものだもん」

久留里の小さな声を黙って聞いた。

「もしかしたら、生まれたときの家族が特別なのなんて、本当に長くて中学くらいまでで、その、子どものときだけにある宝物みたいな時間は……ある日突然とかじゃなくて、だんだん薄くなって……気がついたときにはもう消えてしまってるものかもしれない」

ちゃぷん、と小さな水音が聞こえた。

浴室の電気が薄暗くなったような錯覚がして、急激に寂しい気持ちに包まれた。

「……いや、久留里、聞いてくれ。選ぶ選ばないだとか、血のつながりだとか、そんなのも家族には関係ないんだ」

「うん」

「たとえば、犬を飼ったとするだろう。それは、人間ではないが、家族だ」

少し目を潤ませていた久留里がうつむいて、濁った声で「……うん」と頷《うなず》く。

「重要なのは飼い始めたときから積み重ねた家族としての関係性なんだ」

「うん」

「ただ、年齢がいくと、家族との関わり方は多少変わっていくものだ」

「うん……」

「幼いころと同じ距離感ではなく、その年齢相応の距離感というものがある。愛情表現も抱きしめてあやすようなものから、言葉を使って伝え合うものへと変化するだろう？」

「うん」

「俺が言いたいのは……たとえば親は二十歳を過ぎた子を抱っこはしない。けれど、持っている愛情は変わらないということだ」

俺のたとえ話は久留里にはあまり説得力がなかったかもしれない。

しかし、久留里のために、元気をなくした妹のために。それだけじゃなく俺は自分にも言い聞かせるように、必死で言葉を紡《つむ》いでいた。

「俺は家族を……久留里のことをものすごく大事に思っている」

「……うん」

説得を続け、久留里はそのすべてに「うん」「うん」と言って聞いた。

必死の説得は気づけば長くなっていた。指先はシワシワになり、おでこには汗がにじんでいる。

それでも俺は……久留里もきっと、本来持っていた家族としての絆《きずな》をじわじわと取り戻していくような感覚があった。

「……大丈夫だ。俺は以前と何も変わらずお前を愛している」

俺と久留里は同じ家で育ったかけがえのない家族だ。

それは俺の人生において、他に代え難《がた》い大切な絆だった。

「……わーん！　……コウちゃん好きー！」

感極まった久留里が波を立てて勢いよく距離を詰めようとしてくるそれに手を伸ばして制止する。

「待て！　何をしようとしている？」

「何って……家族の絆奪還完了の証《あかし》のハグ……」

「全裸だぞ！」

「え、でも今一番盛り上がってるところだし……兄妹なんだからいいじゃない！」

今度はまた久留里のほうのネジが飛んでいる。裸で裸に抱き着かれるのはまずい。倒錯がすぎる。さすがにまずい。脳が混乱を極めそうになる。

「ゆだってきた。俺は出る」

逃げるようにざぶんと立ち上がったそのとき――

「ひゅぐッ……」

久留里のほうから何かおかしい音声が聞こえた。

「…………」

「…………」

久留里が口元を押さえ、目を丸くして一点を見つめていた。その視線を辿《たど》る。

到達点は俺の、股間であった。

両方の手で顔を覆いながらも目だけはしっかり出している久留里の露出した耳やおでこが、みるみるうちに赤く染まっていく。

思わず、自らの股間を確認してみる。至極真面目な気持ちでいた俺の股間は特におかしな反応はしていない。ごくごく一般的な股間のはずだ。

それなのにかなりショックを受けた顔をされて不安になる。

しかし、女子高生にはそれそのものが不快な可能性があることを思い出した。

そうだ。男性器の露出は痴漢と呼ばれ逮捕につながる物体であった。俺は、裸を見ないようにするあまり、見られることに無頓着だった。そんなものをチマチマ隠して上がるなどという頭がなかった。

「……申し訳ない。詫《わ》びよう」

焦《あせ》って一言だけそう言うと、さっと前を隠して俺は風呂《ふろ》を出た。妙に殿様めいた謝罪になってしまったが、俺も混乱していたのだ。

しばらくして風呂から出てきた久留里が、ヨロヨロとリビングの床に倒れ込んだ。

俺は、そこまで落ち込むほどの見苦しいものを見せただろうか。少なからずショックを受けた。

「大丈夫か？　その、さっきの……」

「ちょっと夢に出そうだけど大丈夫〜……」

「夢に……」

俺はショックを受けた。体のパーツの一部を悪夢扱いされた。

「い、いや、ちょっと忘れてただけだから……」

「忘れてたって……俺に、付いてることをか？」

「……ごめんて。そんな落ち込まないでよう」

「俺はべつにおちんこでてない！」

「出てたけど……」

「いや……今のは噛《か》んだだけだ。落ち込んでない」

「いやいや、お風呂だもん。仕方ないよ。それより長湯しすぎてのぼせた……」

「……なんだ」

のぼせただけか。俺の局部に呪われたのかと思った。

「コウちゃん麦茶ほしー」

氷を入れた麦茶を渡し、団扇《うちわ》で扇《あお》いでやった。

久留里が顔にかけていたタオルを外して俺の顔を見た。そして、じわじわと赤くなったあと、再びタオルで顔を隠した。

俺はもう、そんなあれこれはすべて忘れ、スマホに母から連絡がきているかを確認せねばと考えていた。久留里がぽそりとこぼす声が聞こえた。

「け、毛が生えてたね……ね！」

「ね、ってなんだ……まだ俺の局部を引きずってるのか！　やめろ！　記憶を消せ！」

「ううん。き、気にしてない。毛ぐらい私も生えてるし……」

「生えてるのか……」

知らぬうちの成長に少しだけショックを受ける。

「あ、でも私薄いほうだと思うし体質で腋毛《わきげ》も生えな……」

「詳細はいい！」

「ああ、そうだね。まだ混乱が抜けておらず……」

「とりあえず、お前は俺の股間のことはもう忘れて強く生きるんだ……」

「忘れられない思い出になりそう」

「美しい記憶みたいに言うな」

「……あははは、大丈夫だって。大丈夫だいじょーぶ……はは……ちん」

久留里の声は後半にいくにつれ小さく力をなくしていき、唐突に現れた謎の単語の断片に着地した。

気持ちは少しならわからなくないが、自分で強引に風呂に誘っておいてそこまでショックを受けるとは思わなかった……。もしかして、俺の股間は異常でヤバいのだろうか……。

数分、二人揃《そろ》ってダメージに撃沈して居間のラグに倒れていたが、やがて久留里がむくりと起き上がった。

「では、続きまして！　就寝のお時間です！」

「……おやすみ。部屋に戻れ」

「今日は『兄妹《きょうだい》仲良く』をスローガンに一緒に寝るんだよぉ！」

「そのスローガンは今を以《もっ》て『常識大事に』に改訂する。高校生だぞ……一人で寝ろ……だいたい狭いし不可能だ」

「じゃありビングに枕とタオルケット並べればいいんじゃない？　だいたい親子だろうが友達同士だろうが、旅館に泊まったら同じ部屋で布団《ふとん》並べて寝ることはあるんだからおかしくない。ラブホにも泊まったのに、リビングで寝れないのは変」

「そう言われれば……そうだな」

風呂に比べると格段にハードルが下がったのもあって、俺はわりと簡単に了承した。

久留里が嬉《うれ》しそうに枕を並べて寝床を作りだした。なぜか枕元にお菓子を置こうとしたのを止めて、揃って歯を磨いて戻ってくる。

「じゃあ電気消すぞー」

「はあい」

並んで横になった。

「ちょっとした非日常感あっていいね！　お泊まり会みたい！」

「ああ、おやすみ」

「コウちゃん！　お泊まり会では夜更《よふ》かししてお話をするのが定番だよ！」

「俺は友達がいないから定番に疎《うと》いんだ……」

「教えてあげるって！　うわ！　白目剝《む》きだした！　早い！」


眠りに吞《の》まれていく夢うつつに、昔の家を思い出した。

現在のわが家は、四葉《よつば》が生まれる前に増改築をしている。

だからリビングだとか、お風呂だとかキッチン、そういったものがその工事の前後で大きく様変わりした。前の家はもう写真を見ないと思い出せなくて、俺の頭の中ですっかりセピア色をしている。けれどそのときふいに、昔のダイニングで食卓を囲んでいたころの家族の風景が鮮やかに脳裏に蘇《よみがえ》った。

母は湯気の立った料理の皿をテーブルに運んでいて、俺はそれを手伝おうとしている。久留里《くるり》が食べているものをこぼし、父が笑いながらそれを拭いている。明日は遠くて一日が今よりとても長く感じられていた。いつなのかも思い出せない、なんでもないとある日の記憶の欠片《かけら》だ。

風呂で久留里の言った言葉に影響されたのかもしれない。

その、特別なことが何もなかった子ども時代のある一日はいつの間にか失われていて、もう二度と戻らないこと、気づけばそこからだいぶ離れた場所にいることを痛感した。

俺も、久留里も変わった。

しょうもない兄妹喧嘩《きょうだいげんか》で久留里が怒って泣くこともあのころにはあった。

言葉を覚えた今はもう、がむしゃらに怒りをぶつけて泣くことも、意味のないことでずっと笑い続けるようなこともそんなにはない。ただ、物心ついてからずっと当たり前に近くにいるその距離感だけが、ずっと変わっていない。

それでも、あと十年もすれば、今度は今生きているこの瞬間がセピア色の風景になるんだろうか。

俺は今、未来の思い出の渦中《かちゅう》にいる。

そんなことを感じながら、俺は眠りに落ちた。

＊久留里の発露

コウちゃんの態度がよそよそしく感じられてから、私は兄との家族関係を必要以上に取り戻そうとしていた。

今まではなかった小さな拒絶。そんなのが気に入らなくてムキになっていた感はある。

それでも、コウちゃんはそんな私の不安を受け止めてくれた。そして、面倒がらずに彼なりの全力で不安を取り除こうと、我儘《わがまま》を聞いてくれて愛情を伝えようとしてくれた。

コウちゃんとお風呂に入って、私とコウちゃんは家族を取り戻した。

私はそもそもお風呂に入りたかったわけではない。ただ、無茶を言って困らせたかった。構ってほしかったのだ。

言っていることは納得できないことも多かったけれど、コウちゃんが多少無茶な私のお願いを聞き入れてくれて、私のために心を砕いて真剣に愛を伝えてくれた。そのおかげで飢えていた心は回復した。

私の、お兄ちゃんでしか埋められない兄欲はきちんと補充された。

コウちゃんは本当に優しくて、最高のお兄ちゃんだ。

けれど、完全に落ち着いた瞬間に、見てしまった。

コウちゃんの、股間だ。

見た瞬間、さっきまで胸いっぱいに、ぱんぱんに膨らんでいた感情の風船の結び目がほどけて、しゅるしゅるとしぼみながら空に飛んでいき、何かが弾《はじ》けた。

さっきまで積み重ねられた言葉なんかも全部忘れた。

一緒に暮らしていても、ここ数年目にしていなかったパーツが若干変わっていたことで、そのほかの胸や腹、普段見ていた首や腕まで一気にそれが昔と違うことに気づかされた。

そして、その瞬間の私は、〝異性〟と、二人きりで、裸で、何をとんでもないことをしているのだろうと、そんな感覚に襲われた。

それは——ぞくぞくするものだった。


しかし、冷静に考えるとそれは変態じみている。

コウちゃんは、お兄ちゃんだ。

うわー、ヤバいヤバい。

でも、それもこれもたぶん、元はといえば全部コウちゃんが妙に距離を取ろうとしたから生まれた錯覚なのだ。

コウちゃんと私は境目さえも曖昧な近しい家族であり兄妹だったのに、コウちゃんが距離を取ったことで個別の人間としての緊張が生まれてしまった。

コウちゃんは兄でしかなかったのに、少し離れたことで個別の人間としての彼が見えるようになって、自分とは異なる人間であることだとか、性別の違う異性であることまで意識されるようになった。

最近のコウちゃんにはどことない他人ぽさがある。それがきっとじわじわと原因になっていた。

でも、そんなコウちゃんも新鮮というか、前よりいっそうまとわりつきたくなる魅力がある。総じて大好きだ。私はきっと、お兄ちゃんじゃなくてもコウちゃんを好きになっていただろう。

隣ではコウちゃんが規則正しい寝息を立てていた。なんだかんだ寝入りが早い。

天井をずっと見ていたけれど、いつまで経《た》っても眠気は来ない。

ごろんと転がってコウちゃんの隣まで行った。頬を軽くつついてみたが、反応はない。

コウちゃんはぐっすりと眠っていた。

タオルケットを持ち上げてその横にしゅっとすべりこむ。ぴとっとくっついた。

すごく温かい。

以前、ラブホテルに行ったときも同じようにしてくっついて寝た。でも、なんだかそのときとは違う気がする。もうちょっと、いけないことをしている感じがした。

自分の心臓がどくどく音を立てているのがわかる。

ドキドキが大きくなって限界まできたのでゴロゴロと転がって自分のスペースへと戻り、やっぱり寂しくなってコウちゃんの隣へと戻る。

コウちゃんの胸に自分の耳を当てて、規則正しい鼓動を聞いた。

生きてる……。なんてありがたいんだろう……。

コウちゃんというお兄ちゃんの存在がありがたく、愛《いと》しくてたまらない。

涙が出そうになった。

そのとき強く思ってしまった。

コウちゃんと、血がつながってなかったらよかったのに。

もし血がつながってなかったなら、私は大好きなコウちゃんとどんな手を使ってでも結婚するのに。そしたら、ずっと家族でいられる。コウちゃんと……お兄ちゃんとずっと家族でいたい。離れたくない。誰にも渡したくない。

経験はないけれど好きな人とかできたらこんな感じなのかもしれない。

それは恋愛感情にとてもよく似ているように感じられたし、それとは少し違う、もっと大きくて重たい感情のようにも感じられた。

第七章　兄妹と外の世界

金曜日。放課後に生活指導の教師に呼ばれていた。

「あれ？　会長、今帰りですか？」

席に戻って帰り支度をしていると七尾《なな お》が声をかけてきた。

七尾は最初のころ俺に対して無駄に遠慮がちにしていたが、最近はよく声をかけてくれていた。声をかけられて久留里の関係の話ではなかったというのは七尾くらいかもしれない。俺のほうも七尾のことはいろんな面で密《ひそ》かに尊敬をしていて、気安くなったことを嬉しく思っている。

「生活指導の木村《き むら》先生に呼ばれていたんだ」

「えっ、学校一真面目な会長が？」

「妹のことで……ちょっとな」

「あぁ～、妹さんは……アクティブですからね」

久留里は特別反社会的なことをしでかしているわけでもないし、不良というわけでもなかったが、ともするとそうなりかねない雰囲気だけはしっかりあった。そして目立つゆえに周囲への影響力、感染力がやや強かった。その感じは一部の教師に危機感を抱かせるらしく、それとなく見ておくように言われることは多かった。

しかし、わざわざ他人に言われなくとも妹が道を外れぬよう、きちんと監督するのは家族であり兄である俺の責務だと思っている。

「七尾は今帰りなのか？」

「あ、僕はこれから部活なんですよ」

そう言った七尾はニコニコと上機嫌で楽しそうだった。

「……軽音部、そんなに楽しいのか？」

「あ、はい。僕はジャンルが特殊なんで友達はほぼいないんですけど……憧れてるカッコいい先輩がいるんですよ」

「ほお……」

そうして七尾はその先輩がいかに素敵かを滔々《とうとう》と語りだした。

季節は春。七尾は入学してすぐに、かねてより決めていた軽音部に入部した。

しかし部室にはウェイウェイしたノリの部員がひしめき合い、七尾は隅でポツンと座っていた。陽気な奴《やつ》らに囲まれて居心地が悪く、すでに辞めようかと考えていた。

そんな中、バタンと扉が開く音がしてそちらを向いた。

入ってきたのは三年生女子だった。

長い黒髪に眉毛はごくごく薄め。キツめの吊り目に巨大な胸を持つ彼女は、悪魔的な雰囲気を持っていた。

周りの部員たちが「ちーす」とか「ウェイーッス」と挨拶をしたが、彼女はそこに一瞥《いちべつ》もくれず、ふんと鼻を鳴らして椅子にどかっと腰掛け長い脚を組んだ。髪をかき上げ、持ってもいない煙草《たばこ》が手に見えるような雰囲気でけだるそうにしていた。

そして、ふっと見た視界の正面にいた七尾とバッチリ目が合った。

目を丸くして、ただ見つめることしかできなかった七尾に、彼女は声をかけてくれた。

「で、……君は何メタルが好きなの？」

「……はい？　な、何メタルって……なんですか」

「デスメタル、ヘヴィメタル、ニューメタル、スラッシュメタル、色々あるでしょ……で、どれ？」

「……僕が好きなのはフォークです」

「は？　信じらんない……それ……メタルじゃないじゃない」

先輩は愕然《がくぜん》とした顔でハーとため息を吐《つ》いて固まっているウェイ勢に声をかける。

「おい！　この中でメタル聞く奴！　手ぇ挙げろ！」

誰も手を挙げなかった。

「おいおい、腰抜けばっかじゃねえか！　メタル聞けメタル！　これじゃ今年もあたしはバンド組めねえじゃねえかよ！」

彼女はウェイ勢をドン引きさせて黙らせると、爆音で角ばったギターをかき鳴らしはじめた。

そのとき七尾はこの人も部活で激しく浮いてると察知した。そして、そんなことをまったく気にせず好きなものに傾倒している姿に強く惹《ひ》かれたのだという。

人が恋に落ちるきっかけは千差万別であることを感じずにはいられない。

部活に行く七尾と帰宅する俺は話しながら教室を出て、吹き抜けになっている二階ロビーの柵の前まで来た。

「あんなに突き抜けててカッコいい人はいませんよ。僕、それまでは、学校なんてかったるいなあ、陽キャしか楽しめなそうなこんな部活も入るんじゃなかったなーとしか思ってなかったですもん。世界変わりましたよ……って、あぁ！」

七尾は突如叫び、柵から身を乗り出さんばかりに一階にいる女生徒をじっと見ていた。

長い黒髪、キツめの顔の巨乳の女生徒が七尾を見上げて目を剝《む》いた。

「オニヤンマセンパ……！　ウボォッ！」

七尾の顔面に鞄《かばん》が飛んできた。そのまま階段を上がってきた女生徒がその鞄を鮮やかに回収する。

「ちっ……またお前か！　暗いんだよ！　近寄んな！」

美人だが、だいぶワイルドな先輩だ。

「オニヤンマ先輩……！」

七尾は先輩がさっそうと通り過ぎたあとも、背中をいつまでも見送っている。

「今のがお前の話していた……」

「ハイ！　鬼八馬萌香《おにやまもえか》先輩、通称オニヤンマ先輩です！　あっ、先輩わりと誰にでもあんな感じなんで、僕が嫌われてるわけじゃないんですよ！　この間も食べ終わったパンの包装紙をくれました！」

「そ、そうか……」

それはゴミを渡しただけではないだろうか……なぜそんなに喜んでいるんだ。軽く妄執を感じる。

見る限り七尾の恋は前途多難だったが、マイペースな七尾は楽しそうに言う。

「大勢で仲良く集えなくても……皆が大好きな流行《はや》りの配信者を知らずとも……ときに自分の愛するものを馬鹿にされようとも、ただひたすらに自分の心の臓を震わすものを追いかけ、愛す人生こそが素晴らしいのだと、先輩は体現しているのであります！」

後半だんだん言いまわしが謎に古めかしくなっていったが、楽しそうに好きな人を語る七尾の目もまた、輝いていた。

「会長は青春してます？」

「えっ？　俺か？」

「はい」

「……俺が……セイシュンを……するのか？」

正直あまり考えたことがなかった。自分と青春がまったく結びつかない。

将来のために勉強はしなければならないし、持っている責務はこなそうと思っているが自分の学校生活を特別向上させようなんて考えたこともなかった。

「会長、いつも眉間に皺《しわ》寄せていろんな責任を集めて抱え込んで、潰れかけの集落の長《おさ》みたいな雰囲気出てますけど、責任感強すぎませんか……僕はもっと、会長が青春していいと思うんですよ」

俺は、そんなことを言われたことがなかったので少し考え込んだ。

「青春なぁ……七尾、青春って……どうやるんだ？」

「あ、そこからですか。会長……さては青春音痴ですね……そうですね、オーソドックスなところでは、会長はモテるんですし、とりあえず恋人でも作れば学校生活も人生も一気に青春急行春色行きに変わるんじゃないでしょうか」

「なんだその、お前の好きなフォークソングみたいな電車は……モテた覚えは一度もないが……」

「妹さん入学してから会長の印象変わりましたけど、一年のころから隠れファン的な女子はいるみたいで、話はよく聞きましたよ」

「だとしても……正直あまり興味がない」

「興味ないって、恋愛にですか？」

「ああ。今の俺に必要なこととは思えない」

友人は少し欲しいかもしれない。でも恋愛は消費カロリーが高そうだし、見栄《みえ》や興味のために恋人を作ろうだとかは思えない。現代日本には趣味も娯楽も多種多様で、ほかに楽しいものはたくさんある。だいたい今だって妹に振りまわされているというのに、この上もう一人自分を振りまわしてくる人間を自ら作ろうとするなんて正気の沙汰じゃない。

「最近そういう人も多いから、べつにそれも悪くはないですけど……」

「……ちなみに、恋愛以外で青春してる奴は何をしているんだ？」

「やっぱりスポーツや部活が多いと思いますけど、べつにそんなものに限定はされません。

若人は、ありあまる若さで好きなことをただひたすらに、思うさまやればいいのです！」

「好きな……ことを……」

「ちなみに、何をしてるときに充足感を感じますか？」

七尾が何かのアンケートのような口調で聞いてくる。

「そうだな。家族のために……家事や育児の手伝いをしているときなどに……」

七尾の顔を見ると、遠い目をしていた。ハッとして目を見開いた。

「お、俺は……もしかして……青春に向いてない……？」

「い、いやいや、会長は少しばかり真面目で責任感が強すぎるってだけですよ！　もっと己の欲望に忠実に！　ときに頑固で我儘《わがまま》に！　会長の青春もどこかにありますって！」

青春。俺の青春はどこだ。

「何かすべてを忘れて没頭できるものはありませんか」

部活は道場に行く時間や家の手伝いをする時間、こっそり絵を描く時間を考えると入りたくない。絵を描くこと自体は楽しいが、あれは自分にとって逃避や捌《は》け口、癒《いや》しに近い。さらに突き詰めてプロを目指したり、それでもっと目立とうなどという気概はゼロだ。

両親が仕事で辛《つら》いときは助けねばと気を張っている。そこまで心配なさそうに見える四《よっ》葉《ば》のことも常に心配している。

「……しかし……目の離せない妹もいるしなぁ……」

なにより久留里《くるり》だ。きちんと暴走しないように見ておかねばならないし、新しい距離感も構築していかねばならない。それについてはいい形を模索し、考え続けている。

問題のある家族を放置して自分が何かに思い切り没頭するというのが、なんだかぴんとこないし、できる気がしない。

「うーん、それなんですけど……会長。あちらをご覧ください」

七尾《ななお》が下駄《げた》箱の手前を指して言うのでそちらを見ると久留里がいて、俺と同じクラスの生徒に囲まれていた。

「なんだアレは……」

生意気さから二年生に締め上げられているのかと心配してガッと目を凝らした。

しかし、よく見ればすぐにそんな感じではないことがわかる。

久留里を中心とした輪には男子も女子もいて、そこには攻撃的な雰囲気はまるでなく、和やかに談笑していた。俺のクラスメイトなのに、俺より余程打ち解けている。

「……妹さん、社交力すごいですよね」

「昔からそうなんだ。そのわりに短気だからあぶなっかしくて見ていられない」

「そうですか？　結構しっかりしてるように見えますけど」

「そうか？　あいつは先輩に敬語すら使わないんだぞ……」

「うーん、確かに妹さんみたいな目立つタイプって、敵を作ってもおかしくないと思うんですけど……でも、なんでしょうね。妹さんの場合むしろ敬語がない気安さを周りが嬉《うれ》しそうにしているところがあるじゃないですか。それに……ほら、見てください。今もモテそうな男とはさりげなく距離取ってるし、自分がメインで全員に話すときも主に女性を見ています。それでいて男女関係なく話はしっかり聞いて笑ったりしてますよね。無意識なのか意識的なのかはわかりませんが同性の敵を作らないためのバランス感覚に優れているんだと思いますよ」

「ほお……」

七尾のなめらかなまでに早口の解説を聞きながら久留里を見ていると、確かにそんな動きをしていた。

「何が言いたいのかというと……僕から見ると妹さん、かなりしっかりしてます。会長や教師は心配しすぎに感じられます」

「そうなんだろうか……」

それでも、身内である俺にはやっぱり、心配すべきところばかりの妹に見えてしまう。

＊　＊

「あら入鹿《いるか》くん、今帰り？」

下駄箱で帰り支度をした渡瀬《わたらせ》と鉢合わせした。

「久留里ちゃんは？」

「部活らしい」

「そう、じゃあね」

渡瀬は長い髪をなびかせ、一度さっそうと出口に向かったが、急に立ち止まった。

「そうだ。入鹿くん、あの……」

「え？」

謎の緊張感を身にまとった渡瀬が睨《にら》みつけてきて、俺は若干たじろいだ。

何か……怒っているように見えるが、身に覚えがない。

「え、駅まで一緒に、帰らない？」

「……ああ、うん」

そんなことか。一体何かと思ったので安心した。渡瀬と校門を出た。

「ご、ごめんね、急に。私、学校で普通に話せる相手、あまりいなくて……ちょっと、話してみたかったのよ」

「いや、俺もそんなものだ。謝るようなことじゃない」

たまたま同じ時刻に帰宅する上で駅までの歩行を共にするだけだというのに、渡瀬はえらく恐縮している。少し意外だったが、よく考えたら確かに渡瀬は教室でもいまだに友人らしき人と気安く話しているところは見ない。

「よかった……」

つぶやくようにこぼした渡瀬を見ると、ほっとした顔をしていたが、俺を見て慌てたように言う。

「なんか、いつも気を張っちゃって……たまに息抜きみたいのしたくなるわよね！　おっ、お茶でも飲んでいかない？」

渡瀬がフランチャイズチェーンのカフェを勢いよく指差して言う。

またびっくりして渡瀬を見た。

渡瀬は指差したポーズのまま一時停止を押されたかのように固まっている。

「……ああ、行こう」

俺がそう言うと動き出した。今日の渡瀬は少しおかしい。

やがて、たどり着いた喫茶店に入店して、各々《おのおの》の注文をした。

「どこの席にしましょうか」

渡瀬に聞かれてなぜか緊張が走った。

俺はどこに座るのかなんて、普段はそんなことを気にしたことがない。今隣にいるのが七尾だとか、男だったとしても気にしないだろう。

けれど、隣にいる渡瀬のなぜか緊張をはらむ紅潮した頬が、いつもより女性的なものを意識させ、その決断で何かを試されているかのように、俺にそれを考えさせた。

大声で話しているグループの隣は声が聞こえにくいので避けたほうがいい。窓際《まどぎわ》は眩《まぶ》しい し暑そうだ。しかし、暗い席というのも……。考えた末に結局隅の席に落ち着いた。

そして向かい合って腰を下ろすと、当然だが目の前に渡瀬が座っていた。

喫茶店で、女子が俺の前にいた。

大したことではないと気軽に入ったのに、突然、とんでもない状況な気がしてくる。

少しの沈黙が流れ、俺は話題を探していた。

店に入ったのだから何か話さないと気まずい。あまり意識したことがなかったが、これくらいの年になると異性の級友というのは少し気を遣う。

渡瀬はこうして見るとやはり美人だ。艶《つや》やかな長い髪も、すっとした涼しげな目元も、優等生然としている。加えて今日の渡瀬は妙に無口だった。近寄りがたい神秘性のようなものが感じられて、余計に焦《あせ》るような気持ちが湧いた。俺は普段この人とどうしゃべっていただろうか。考えてからそもそもそんなにしゃべったことがないことに思い当たる。

俺は女性と二人きりで店に入ったことなどなかった。

そんなことを気軽にできる性別女性は久留里くらいだ。久留里と店に入ったときはどこに座るべきかなど考えたりしない。話題も探したことはない。

妹は、当たり前だが気を遣う必要もないくらいに気心が知れている。いや、俺はなぜ性別が女というだけで妹と比べているんだ。そんな必要はない。他人というのは家族と違い、気を遣って当然のものなのだ。

「私……実はね……」

渡瀬のかしこまった声に緊張した。目の前の彼女は頬をほんのり赤らめ、睨むようにこちらを見ているが、その瞳は少し潤んでいる。もしかして、渡瀬は俺のことが好きなのだろうか。そんなことをつい思って呼吸を止めて身構える。

「実は……相談があって」

「…………相談？」

なんだ。相談か。いやいや、そうだろう。一瞬でも好かれているかもしれないなどと自意識過剰なことを思った自分を恥じた。そして渡瀬に対して猛烈に申し訳なく思った。

「私ね…………友達が欲しいの」

「友達？　え？　欲しかったのか？　俺はずっと、渡瀬は友達を作らない主義かと思ってたんだが……」

「そう思われるようにしてたの。でないと情けないじゃない。でもこのプライドの高さで余計に友達できないのよね。いつも萎縮されちゃう」

渡瀬は長いまつ毛を伏せて自嘲気味にこぼす。

「私、家に弟二人と妹がいて、小さいころから一番上でまとめてたからか、外でもつい偉そうになってしまうのかもしれない」

「……え」

姉だ。

渡瀬は、姉キャラだったのか。そういわれて見ると姉っぽい雰囲気がある。

普段身にまとう威圧感も、一番上に立つ姉らしさでもあるだろう。そう意識すると緊張が加速した。

店内はほどほどにざわめいていて、小さくかかっている音楽も手伝い周囲の会話の内容までは聞こえてこない。渡瀬が少し黙ってしまったので、周囲で話している人たちの表情だけをぼんやりと見た。

「私、入鹿くんのことは……一年のころから、自分と少し似てるなあと思って見てたの」

「あ、ああ」

「それで、その、入鹿くんなら、私と同じくらい真面目だし……価値観も近いかもしれないし」

渡瀬はグラスもろくに見ず、もうほとんど氷しか入っていないアイスコーヒーのストローを吸い上げる。

ギョボボボ、と濁った音がした。

渡瀬はまるで粗相でもしたかのように「ヒッ」と小さな悲鳴を上げ、顔を真っ赤にして恥ずかしそうにうつむいた。

「つまり……俺と友達に？」

「そ、そう……なの……お願いできればなって」

なるほど。ほかに適当な友達候補がいなかったらしい。

しかし、友達ってどうやるものなのだろう。特に相手は渡瀬だ。何をして遊ぶのか皆目見当もつかない。なぜか頭の中にぼんやりと渡瀬と二人で枝を拾いに自転車を漕《こ》いでいる絵面《えづら》が浮かび頭を小さく振って否定した。それはない。高校生だ。そもそも巷《ちまた》の高校生た

ちは友達同士で何をして遊んでいるのか。まったくわからない。

俺が黙っていたので渡瀬が焦ったような声を上げた。

「嫌だったかしら？　それなら……そのべつに……」

「いや、ぜんぜん嫌ということはない。よろしく頼む」

「あ、ありがとう！」

渡瀬は顔面にタラタラと汗をかいていたが、ようやく落ち着いたようにふうと深い息を吐き出し、綺麗《きれい》なレースのついたハンカチで汗を拭いた。

渡瀬の緊張が若干ほどけたので俺もつられたように息を吐いた。

「そういえば入鹿くん、木村先生に呼ばれたんだって？」

「ああ、久留里《くるり》のことでな」

渡瀬が少し考えるようにしてから言う。

「あのさ、思うんだけど……入鹿くんのためにも、久留里ちゃんのためにも、もう少し家族離れしたほうがいいんじゃないかしら」

「それは……どういう意味だ？」

まるで最近の俺の心の戸惑いを見透かしたような渡瀬の言葉に若干たじろいだ。

「ちょっと思っただけなんだけど、久留里ちゃんて、見てると普段は結構しっかりしているのに、入鹿くんが絡《から》むとガタガタに箍《たが》が外れちゃうのよね。だから少し距離取ったほうが落ち着いた子になるんじゃないかしら」

「俺が、いると……」

渡瀬の思わぬ言葉に衝撃を受けた。

そしてそう言われると思い当たる節もあった。

俺が同じ学校にいなかった久留里が中学三年のころも、小学六年の一年間も、久留里はまったく問題らしきものは起こしていなかった。俺の卒業後も何かあれば連絡すると言っていた教師や後輩たちも、久留里は誰と揉《も》めることもなく、ふざけた行動もせず、何の問題もなくやっていると教えてくれた。

俺がいない学校で、久留里は真面目だった。俺がいないと久留里はなんの問題もない。

なんてことだ。

妹が困った奴《やつ》なのは俺のせいだったかもしれない。

あいつは下手したら甘えからわざわざ俺に世話を焼かせるために、そして久留里の『すごいお兄ちゃん』を作り上げるために。どんどんだらしなく奔放な人間になっている可能性すらある。

俺はずっと久留里を諌《いさ》め、世話を焼くのは家族であり、兄である自分の責務だとばかり思っていた。しかし、本当は世話を焼こうとするのは久留里にとって悪影響でしかなかったのかもしれない。

そしてそのときふと気づいてしまう。

高校に入学してから煙たがられ孤立していた俺に対して周囲が気安くなったのは明らかに久留里が入学してからだ。もしかしたら俺は小中学校のころもきっと、妹の問題行動を諫め、収める役柄として学校にそれなりの居場所を獲得していたのかもしれない。

ずっと久留里の世話を焼いていたつもりでいたが、俺は実際には久留里がいなければ学校にうまく溶け込めないような人間だった。結果的に見ると、むしろ久留里に世話を焼かれていた側だ。そして、俺は家族に頼られることに喜びを見出《みいだ》し、家族の世話を焼くことでアイデンティティを保っていた。

久留里の距離感が近すぎると嘆いていたが、もしかしたら俺だけがずっと、家族に依存されることに、依存してしまっていたのかもしれない。

沈黙して考え込む俺に渡瀬《わたらせ》が言う。

「だから……っていうか、その……それでね入鹿《いるか》くん……」

渡瀬は居住まいを正してオホンと咳《せき》ばらいをしたあと言う。

「明日……映画に行かない？　親戚から余ったチケットもらって、友達と行きなさいって言われたんだけど……入鹿くんにも、もう少し家族以外の……友達との息抜きも必要じゃないかと思うのよ」

「……そうかもしれない」

俺は顔を上げて深く頷《うなず》いた。

七尾《ななお》と話していても思ったが、俺は家族にばかり意識が行きすぎなところがある。そして俺自身の家族への依存があまりよいことにならないのならば、もっと世界を広げるべきだろう。そして友人がいればもう少し外に視野が広がるかもしれない。

「ああ、付き合うよ」

渡瀬は非常にいいタイミングで声をかけてくれた。

「渡瀬……ありがとう。渡瀬の言う通りだったかもしれない」

「う、うん？」

「もう少し……人生について考えてみるよ」

「じ……人生？　そんな大きな話してたっけ……」

店を出て、駅が見えてきた。渡瀬と俺は反対の路線に乗る。改札を越えたらお別れだ。

「今日はありがとう。入鹿くんに相談してよかったわ」

渡瀬がぺこりと頭を下げた。

「こちらこそ、ありがとう」

「ふふ……同じ学校にあなたみたいな人がいてよかった」

そう言って、渡瀬はふわりと笑った。

いつものすました顔でもなく、よく見る怒ったような顔でもない。この人はこんな顔ができたのかと、少しびっくりした。

渡瀬はいい奴だった。

よく知りもせずに孤高の人認定をしてしまっていたが、実情は一生懸命で不器用だ。

帰り道で、渡瀬が氷しか入っていないグラスのストローを吸い上げギョボボボ、と音がしたときのことを思い出した。あのとき、渡瀬は恥ずかしそうにしていた。

その場面がたびたび思い出される。なぜこんなことが妙に印象に残っているのだろう。

俺はあのときそれを見て、ああ、この人は他人なのだ、と思ったのだ。

家族という、友達とも少し違う、近すぎる距離感の人間とばかり接していた俺にとって、それは新鮮な感覚だった。

＊　＊

帰宅してすぐにリビングに入ると冷蔵庫の前に久留里がいた。

口に何かものをつめ、もぐもぐしている。その顔を見たら自分がわずかに緊張していたことがわかったし、なぜかほっとした。見慣れた家族の安心感だ。

久留里は口の中のものをごくんと飲み込んで「コウちゃんおかえり」と言ってくれる。

「ただいま。四葉《よつば》は？」

「さっき覗《のぞ》いたら自分の部屋でお昼寝してたよ」

「そうか……よく寝るな」

「四葉はいつでもどこでも一瞬で寝れるんだって。あ、パパとママはまだ仕事」

「そうか」

「あ、そうだ。コウちゃん、明日買物付き合ってくれない？」

「明日か。明日はちょっと予定がある」

「どっか行くの？」

「渡瀬と映画に行く」

そう言った瞬間、目の前の久留里が勢いよく叫んだ。

「えぇぇぇぇぇぇ！　ふ、二人で？　なんで⁉」

「ああ。俺だって友人と遊ぶことくらいある」

「友人ったって、女子じゃない！　コウちゃんはあの人と付き合うの⁉」

「そういうわけじゃない。ただの友人だ」

彼女は俺が似たタイプだから声をかけやすかったのだろう。実際は一瞬だけ好意があるのかと勘違いをしてしまった自分を恥じていたのもあって、そこはきちんと否定をした。

「いや、俺は友達が少ないからな……でも、家族ばかりでなく、少しずつ外の世界を広げていかなければならないと思ったんだ」

「何それ……無理にそんな必要なくない？　友達ってもっと自然に仲良くなるものだよ」

「それができない人間もいるんだ」

「……じゃあ、コウちゃんはあの人の世話焼くの？」

「世話を焼くという関係性ではないが……友人として……」

見ると久留里が立ち上がり、メラメラと怒りを燃やしていた。

「やだやだ！　そんなの絶対認めない！　絶対駄目！　出かけるなら私もついてく！」

以前の俺ならば連れていってしまったかもしれない。しかし、俺が外の世界を開拓して兄妹《きょうだい》離れするためには、それはよくない。そもそもそうやって簡単に妹同伴で行こうとすること自体が俺たちの兄妹関係の異常さに含まれるかもしれないのだ。

俺たち兄妹はお互いを駄目にしている。やはり、きちんとした距離を取るべきなのだ。

「駄目だ」

「なんで!? そんなに二人きりがいいの!?」

「そういうわけじゃないが、約束してない相手を勝手に加えるのはマナー違反だろう」

「やだ！　そんなの知らない！」

「久留里、前から言おうと思ってたんだが……」

「な……なに」

俺の真剣な声音に久留里が戸惑ったように顔を見てくる。

そして俺は、ずっと思っていたが、はっきりとは口にしてこなかったことをついに言った。

「久留里、俺たちの距離感は少し異常だ……兄離れしてくれ」

久留里が大きく目を見開き、口を開けた。

「……な、なにそれ……」

その顔がみるみる赤く染まっていき、肩がわなわなと震え出す。

久留里はすう、と大きく息を吸った。そして、勢いよく言う。

「絶ッッ対に嫌だ！　お兄ちゃんと離れるなんて常軌を逸したこと、正気の妹のすることじゃないでしょ！　兄離れするなら死んでやる！」

「それが異常だと言っているんだ」

「普通だとか、常識だとか、ほんっとどうでもいいことばっかり！　馬鹿みたいなことばっかり気にして！　コウちゃんの馬鹿！　お兄ちゃんは、兄なのに！」

久留里《くるり》はわぁわぁ叫んで摑《つか》みかかってきた。体格差があるのであまり強く抵抗すると怪《け》我《が》をさせるかもしれない。甘んじてそれを受け、俺は久留里にのしかかられた。

俺の腹に馬乗りになった久留里の目は潤んでいて、怒りで耳まで赤く染まっていた。

「コウちゃんの馬鹿……ばかばか！　どうして急にそんなこと言うの……」

あまりに激高した久留里がしゃくりあげ、ぽたぽたと大粒の涙が落ちてくる。

少し落ち着くのを待った。

「久留里、俺はなにも兄妹の縁を切ろうとしているわけじゃない。異常になっている兄妹関係を普通にしたいだけなんだ」

久留里は少しの間俺の腹の上で小さくしゃくりあげていたが、やがて、押し殺したような声を出した。

「……ふ、普通って何」

「普通は普通だろ。普通の兄妹は適切な距離感を持ち、過剰にベタベタしないし……依存だってしない」

「コウちゃんが気にしてる普通って……結局世間体でしょ」

「それは違う」

「違わないよ。小さいころはよくてっ……おっ、大きくなったから無理に変えることなんて、私は何もないと思う。そういうの、考え方が窮屈だしおかしいよ」

「おかしくない。前も話しただろ。歳《とし》を食えば……家族といえどもそれなりに人間の関係性は変わっていく……小さいころの距離感でいること自体が普通じゃないんだ」

「だからその普通って、世間体と何が違うの？」

ぐすんと洟《はな》をすすりあげた久留里が途切れ途切れに言う。

「コウちゃんはきっと……一人だけ養護施設からもらわれてきた子だとか……ママが浮気《うわき》してできた子だとか……そんな陰口たたかれたことないよね」

「……そんなことがあったのか」

「あっ、あのとき私はっ、私たち家族のことを何も知らない世間がどう思うかなんてどうでもいいと思ったよ。糞《くそ》くらえだと思った！　私はっ……他人が何を言おうが自分が大事にしている家族と、変わらずにいたいと思った……！」

「………」

何も返すことができず、久留里を見た。その頬にはまだ涙の流れたあとがあったが、もう涙は止まっていた。大きな目と人形のように整い過ぎた顔は、いつものようにふざけて笑っていないと少し遠く感じられる。

「……でも、もういい。わかった」

久留里は言葉を低くゆっくり絞り出すと俺の腹から立ち上がった。

「わかったって、何が……」

「距離を置きたいんでしょ。コウちゃんがそうしたいなら、いいよ。コウちゃんの望む〝普通な兄妹〟やってあげる。コウちゃんに世話を焼かせるようなことも、もうしないよ」

ごしごしと目元を袖で擦《こす》りながら部屋を出ていこうとする背中に声をかける。

「久留里、どこ行くんだ」

「……っ、コウちゃんには関係ない！」

力なく丸まった背中を見ていると引き留めてやりたいような気持ちがムクムクと湧いてくる。それをぐっと押し殺し、俺は下を向いて拳をぎゅっと握った。

「コウちゃんなんて、知らない！」

久留里が捨て台詞《ぜりふ》を吐いて部屋を出た。ほどなくして玄関からガチャン、と扉の閉まる音が聞こえ、静かになった。

ここ最近ずっと思っていたことをぶつけてしまった。

久留里はきちんとわかってくれただろうか。今後変によそよそしくなるのは本意ではない。いや、きっと変によそよそしいと感じるそれが俺の望む適切な兄妹関係なのだ。言うべきことをきちんと伝えられた達成感とは別に一抹の寂しさも胸にあった。

確かに、俺の言っている普通は世間体だ。

なぜなら普通や常識というものは狭い周囲との共通認識でしか構成されないからだ。国や時代が違えばそれはまた違うものが存在する。

この世に俺たち家族しかいなければ、普通も異常もない。俺たち家族が基準になる。好きなものは好き。嫌いなものは嫌い。やりたいことはやるし、嫌なことはやらない。

自分の中でそれがはっきりしている久留里には、俺の考え方は窮屈なものかもしれない。それでも俺は、窮屈さに自分を押し込めなければやっていけない人間だ。規範や常識があるからそこに自分を押し込めて、初めて胸を張ってマトモと言える。

俺は、自分は規律や規範がなければ、たやすくそこから逸脱してしまう人間だ。自分の根に、マトモではないものを感じているのだ。顔も知らないクズの実父の血かもしれないそれに怯《おび》えさえ抱いている。自分がマトモでいられなくなるのは怖い。

だからいつも、〝正しさ〟を追い求めている。

俺は、久留里に自分のそれを押し付けているんだろうか。

久留里と喧嘩《けんか》することは滅多にない。数年ぶりの兄妹喧嘩だった。

それでも、久留里は切り替えがいいほうなので、しばらくしたら帰ってくるだろうと思っていた。

ところが、夕食前に母が言った。

「くんちゃん今日友達のとこに泊まってくるって」

「え……そ、そうか。ちなみに、友達って?」

「わかんない。そこまでは書いてなくて～、いつ帰るかにもまだ返事がない」

＊　　＊

翌日の土曜の朝になって久留里に電話をすると『おかけになった番号は、電源が入っていないか電波の……』と機械音声のアナウンスが流れた。

小さな胸騒ぎがしたが、思い直す。

久留里はもう高校生だ。連絡は入れているし、一晩外泊しようが大騒ぎするような年齢ではない。

今日は渡瀬《わたらせ》との約束の日だ。俺は人生を考え直すのだ。

久留里は俺と距離を取ったほうが、きっといい子になるはずだ。

「コウくん、くんちゃん連絡とれないんだけど……いつ帰るのかな」

「え？」

「コウくん何か聞いてない？」

「いや……」

母が軽い口調でこぼしたワードに固まった。

「家出したのかなぁ」

家出。

考えてもみなかった。そう言われてしまうと、一時の癇癪《かんしゃく》で片付けにくい。

もし、俺の思っている以上に久留里がショックを受けていたら。

そのとき俺の胸には何ともいえない嫌な予感が充満した。

甘ったれで、ふざけてばかりの久留里が俺と離れて真面目になると思っていたが、本当にそうなんだろうか。別の方向に行く可能性もあるんじゃないのか。

久留里には道を踏み外しそうな奔放さと危うさがある。一日の外泊をきっかけとして外泊を繰り返し、毎日夜の街で悪い奴《やつ》らとたわむれる、俺の頭にそんな未来予想図が暗雲のように垂れ込めた。

　自分が思ってたより大変なことをしでかした感覚が襲ってきた。

「大丈夫だろうか」

「え？　大丈夫でしょ。そんな、一日くらいで……コウくん過保護すぎ」

　母は笑って首を横に振った。

「……実は、昨日喧嘩して出ていったんだ」

「ええっ……そうだったの？　コウくんと？　珍しくない？　コウくん大好きなくんちゃんが家を出るほど怒るなんて……何言ったの？」

　母の言葉はほとんど耳に入っていなかった。

　俺が久留里に過保護なことが、あいつに悪影響を与えている。一日外泊したくらいで心配することはない。そういうところが異常なのだ。俺は人生を考え直すんだ。外の世界を広げ、人生を考え…………俺は渡瀬に断りの連絡を入れた。

「俺ちょっと父さん起こしてくる」

　父を捕まえ、テレビの前で動画を観《み》ていた四葉《よつば》もダイニングのテーブルの前に座らせた。

「実は……久留里が家出した」

「こ、光雪《こうせつ》くん……それは、まさか……」

父は久留里が知ってしまったのではないかとの懸念《けねん》を抱いたようだ。四葉の前では答えられない。黙って首を横に振る。

母は四葉をちらりと見てから「四郎《しろう》くん」と強い声で諌《いさ》め、父もそのことに気づいた。

「これから捜しにいくんだけど、行きそうな場所に心当たりはないかな？」

ゴン、と大きな音が響き、見ると父がテーブルに頭を打ち付けていた。

「ちょ、ちょっと四郎くん！」

「父さん……！」

「どうしよう……警察犬を借りて……」

「四郎くん！　真面目に！」

「いや、私はいたって真面目だ。警察犬は人間の何千倍もの嗅覚を持ち、頭がよく、我慢強く落ち着いていて、なおかつ警戒心にもすぐれていて、優しく強い……生後六か月から厳しい訓練を受け……」

普段めったに取り乱すことのない父がこの上なく動揺している。途中から警察犬の優秀さしか言わなくなった。母と顔を見合わせ、無言の共感を得た。

「手分けして捜そう。父さんは車で駅前を捜してくれないか？」

「む、わかった」

「私はおばあちゃんちに連絡してから四葉と近所をまわるね。コウくんは？」

「俺は学校と、久留里《くるり》の友達のところをあたってみるよ」

とはいっても久留里は無駄に顔が広い。俺が把握していない人間もたくさんいる。

俺はとりあえず、久留里の使っているSNSで外から観測できるものを順繰りに確認していった。

＊久留里の悲しみ

六月の終わり。雨の多い時期ではあるがその日は雲一つない快晴だった。

地元で二番目に大きな神社であるそこでは、今まさに例大祭が行われていた。

美波《みなみ》の両親、祖父母や親戚なども来て、儀式を行い近所の神輿《みこし》好きの人たちが神輿を担《かつ》ぎ、テキ屋さんや商店街の人が出店をやっていた。

私は赤い袴《はかま》姿だった。いわゆるバイト巫女《みこ》である。隣にいる美波も長い髪を結い上げ、同じものを着ていた。

私のバイトはというと、おみくじや御守《おまも》りなどを売っている売店の手伝いだ。普段は一人いれば十分だが、今日ばかりは何人いてもいいらしい。確かに賑《にぎ》わっていた。

ぼんやりして顔を上げると美波がパシャリと写真を撮っていた。

「久留里さん、すっごい似合う！　可愛《かわい》すぎるう……」

「ありがと。美波もすっごく可愛いよ」

「ううう、美少女の袴！　久留里さん、これインスタにあげていい？」

「いーよぉ」

「でも軽く家出中じゃなかったっけ」

「そだけど、インスタは家族誰もやってないし。わかりゃしないもん……」

コウちゃんに腹の立つ台詞《せりふ》をいくつも言われた私はプツンと切れて、美波の家に駆け込んだ。そしてコンビニで買い込んだ菓子をたらふく食べて、ジュースをがぶ飲みして就寝した。美波は細かいことは聞かないでくれたが、家で何かあったのは察しているだろう。

家族、というワードを自分で出してから、また思い出した。

『兄離れしてくれ』

ずっと続いていくと思っていた兄妹《きょうだい》関係が急に切断された。でも、本当はコウちゃんの様子がおかしくなったころから、終わりは始まっていたのかもしれない。

コウちゃんの言ってるのは、ただの家族離れではないだろう。

だってあの人……渡瀬先輩は、たぶんコウちゃんのこと好きだし。

それで、もしかしたらコウちゃんもあの人を好きになるのかもしれない。

コウちゃんは、これから当たり前に彼女を作って、付き合って、結婚して、生まれたときにあった家族のことなんて二番目にして忘れていってしまうつもりなんだろう。

それは裏切りのようにさえ感じられた。

けれど、本当はわかっている。私がコウちゃんに対して特権として持っていた、生まれたときに同じ家族にいた縁というものは案外もろいものなのだ。幼いころはまるでそれが世界の全てのように錯覚するけれど、家を出て大人になってしまえば、それからの人生のほうがきっとずっと長い。

しばらく心を無にしてお祭りのお手伝いに没頭していたが、客足が途絶えたときに美波がスマホを見て小さな悲鳴をもらした。

「くっ、久留里さん……さっきの袴写真……ものすごい速さでバズってる……」

「え、あ、ほんとだー」

「もう遅いかもしれないけど、消したほうがいいかな？」

「べーつに悪いことしてる写真でもないし、大丈夫じゃない？」

どこかぼんやりしながら答えていると、ふいに美波が少し先を見て声を上げた。

「……あれ？　お兄ちゃんどうしたの？」

美波の視線を追うと、美波の兄である七尾《なな お》先輩がこちらに向かって歩いてきていた。

七尾兄は近くまで来ると、眼鏡をクイと上げてから私を見て言った。

「……なんか、さっき入口付近で会長に似てる人を見かけたんだけど……」

「……えっ？　コウちゃん？」

「似てるっていうか……たぶん本人なんだけど」

「お兄ちゃんは声かけたりはしなかったの？」

「いや、ちょっと遠くてそれは……ていうか、すごい形相で参道のほうに走っていったんだよね……」

血液がサーッと降下していくような感覚に襲われる。

「ちょっと……身を隠す！」

「え、なんで。入鹿《いるか》さんが会長呼んだんじゃないの？」

「呼んでない！　どこにいるかも言ってない！」

私の言葉に七尾先輩が目を見開いて美波と顔を見合わせる。

「入鹿さん、昨日急に来たけど……もしかして家出だったの？」

「家出ってほどではないけど……ちょっとコウちゃんと喧嘩《けんか》して……」

「会長と喧嘩？　あの人兄弟喧嘩とかするの？」

よほど意外だったのか兄妹揃《そろ》って驚きを隠せない顔をしている。

「まぁ、仲が良くないと喧嘩はできないものね……会長と喧嘩できるなんて、久留里さんくらいかもしれないよね」

美波はしみじみとつぶやいた。

「原因は知らないけど、謝ってしまえばいいんじゃない？」

美波の言葉に七尾先輩がうんうんと頷《うなず》く。

「会長は謝れば、よほどのことじゃなきゃ許してくれるでしょう」

「もう私が折れたから、喧嘩自体は終わってるんだけど……」

「久留里さんが？」

また七尾兄妹に揃って意外そうな顔をされた。

確かに、数年に一度あった小さな兄妹喧嘩の原因はだいたい私で、そのすべてにコウちゃんが折れてくれていた。私はずっと甘やかされていた。

今回はそんな感じではなかった。コウちゃんが折れない、そのこと自体が、もう私を甘やかさないという決意表明なのかもしれない。

「それなら、なんで会長は来たんだろう」

「それはわかんないけど、今は顔を合わせたくない！　少ししたら帰るから、もしこっちに来ても今はいないということで！」

「そ、そう言われても、僕、会長に嘘《うそ》つける自信ないんだけど」

そのとき、遠くから低い地鳴りのような「おおおおおおおおおおおお」という絶叫が聞こえてきた。

それは人波をかき分け、だんだんとこちらに近づいてくる。

遠目でもわかる。コウちゃんだ。

そして声も聞き取れるようになってきた。

「ん七尾ぉぉおおぉぉおおー｜｜｜｜｜｜｜｜｜ッ‼」

コウちゃんのクソデカボイスがそこらへんじゅうに響き渡る。

私はお店のレジカウンターの下にしゃがみこみ、すばやく身を隠した。

喧騒《けんそう》の中、ざかざかした足音が止まり、コウちゃんが七尾先輩に話しかけている声が聞こえる。

「七尾、俺の妹がここに来ているだろう？」

「えっと……それは……なんといいますか」

「久留里ぃ！　どこだ！」

「あっ！　会長！　壁を蹴るのはお止《や》めください！」

「久留里！　出てこい！」

「あっ！　会長！　ノボリ引っこ抜かないでください！」

「久留里！　ここにいるのはわかってるんだぞ！」

不穏な音声が聞こえてくる中、そおっと首を伸ばして覗《のぞ》いてみた。

そこには、七尾兄妹が制止する中、血走った目で暴れまわりながら私を捜しているコウちゃんがいた。

そうだった。コウちゃんは普段滅多に怒らない。怒らないだけじゃなく、慌てない。悲しまないし、羽目も外さない。常に穏やかであろうとしているのだろう。感情の起伏が薄い。普段抑制しているからキレたときに人が変わったようになってしまう。なんというか……パパそっくりだ。

「久留里！　その辺にいるんだろう！　出てこい！　コイツがどうなってもいいのか！」

コウちゃんが七尾兄の胸ぐらを摑《つか》むと、彼は摘《つま》まれた昆虫みたいな動きでもがいた。

「んぎッ、ぎゃあー！　会長！　僕はムジツです！」

「久留里ィ……！　三秒数えるうちに出てこなければ、こいつがどうなるか……わかってるんだろうなアァ⁉」

コウちゃんが完全に人質を取った犯人の台詞を吐いた。すでに二人くらい殺してきたみ

たいな凶悪な顔で歯を剝《む》いている。

「いーち、にーい……」

その顔で凶悪犯じみたゆっくりカウントが始まってしまったので慌てて出ていった。

「待った待った！　コウちゃん！　ここにいるから！」

「あっ！　久留里さん、今出てくると危険だよ……！」

美波が勇敢にも私の前に出てかばってくれた。

しかし、コウちゃんは私の姿を見て、水をぶっかけられた焚火《たきび》のように大人しくなった。

それに気づいた美波も、きょとんとした顔でコウちゃんと私を見つめる。

摑まれた胸ぐらを突然解放された七尾先輩が、ドシャリと地面に落ちる音がした。

お祭りの喧騒の中、私とコウちゃんの間だけ時間が止まったように感じられた。

「久留里、帰るんだ。父さんも母さんも四葉《よつば》も……みんなが心配している」

一日外泊しただけでこんなに深刻な口調で言われることだろうか……。いや、私の中では外泊ではなく家出だった。コウちゃんはそれをわかっていた。だから心配してくれたんだろう。

顔を上げるとコウちゃんが必死な顔で私を見ていた。

「……コウちゃんは？」

「え？」

「コウちゃんが、帰ってほしいの？」

沈黙の間を祭りの喧騒が埋めた。

さらにいくばくかの沈黙のあと、コウちゃんは急に我に返ったような顔になった。

そうして、私は初めて見た。

コウちゃんの、途方に暮れた顔。

私にとってコウちゃんは生まれたときから永遠に追いつけない年上で、完璧な兄だった。

だけど今のコウちゃんは、頼りない、どこにでもいる高校二年生のように見えた。

年上なのにそんな感じがしなくて、お兄ちゃんなのにそんな感じもしなかった。

今、目の前にいるのは兄でも家族でもなくて、コウちゃんは完全に個としての人間に見えた。私は今、家族や妹としてではなく、ただ個別の人間として目の前のこの人を困らせているのだと、そんな不思議な気持ちになった。

コウちゃんはしばらく、身内を前に噛《か》みつくか葛藤しているゾンビになりかけの人のように低く唸《うな》りながらつっ立っていたけれど、やがて、ゆっくりと口を開いた。

「もの……すごく……」

「うん」

「帰ってきて……ほしい」

コウちゃんのロボットのような途切れ途切れの言葉をきちんと最後まで聞いてから、私は口を開いた。

「んじゃ、帰る」

私が頷くと、コウちゃんはようやくちょっと笑って、ホッと息を吐いた。

そして、足元を見てぎょっとした声を上げた。

「あっ！　七尾！　七尾ー！　大丈夫か！」

「あっ、そうだ！　お兄ちゃん生きてるー？」

静かに倒れていた七尾先輩がムクリと起き上がった。

小さく震えていたので心配したが、よく見るとものすごく笑っていたので、おかしくなったのかと思った。

ひとしきり笑ったあと七尾先輩は「大丈夫です」と言って息を吐いた。

コウちゃんはすばやく土下座の体勢を作った。

「七尾、本当に申し訳ない……！　病院代は払う！　今度親御さんにも菓子折り持って謝りにいく」

「い、いや、会長……大丈夫ですって。僕は会長が普段の会長に戻ってくれて安心しましたよ。お役に立てたようで、何よりです……ぶふっ、会長でもあんな取り乱すんですね」

七尾先輩はコウちゃんの取り乱し方がツボだったらしく、合間にずっとゲラゲラ笑っていた。そのときやっと気づいた。

この人はたぶん——変な人だ。

ぱっと見は地味で大人しそうだけれど、ものすごく我が強そうだし、謎の変質性が見え隠れしている。

「久留里《くるり》さん、無事でよかったよ。仲直りできてよかったね」

「美波《みなみ》……ありがとう」

こんな状況で多大な迷惑をかけたというのに、美波もケロリとしていて、芯が強い。

七尾兄妹《きょうだい》は揃って同じ顔でにこにこ笑っている。やっぱり二人はよく似ている。

この兄妹は趣味も価値観も違うのに、根っこには何か同じものを確実に共有している。

家族なのだ。

そして、そんなマイペースな兄妹に私たち兄妹は救われた。

＊　＊

七尾兄妹にお礼とお詫《わ》びを何度も述べて、俺と久留里は帰り道を歩いていた。

またやってしまった。

俺は頭に血が上ると、我を忘れてしまうことがあった。

一度目は小学一年生。久留里が風邪で入院した日。俺は夜中に家を抜け出した。

まだ夜に子どもが一人で出る年齢ではなかったため、近所中で大騒ぎになった。

俺は気がついたときにはびしょ濡《ぬ》れの全裸で近所の小さな神社にいた。親によると「久留里が死んでしまうかもしれない」と泣きながら水ごりの祈願をしていたらしい。らしいというのはそのときの記憶がないからだ。

ただまぁ、こんなのは発露といったところで、まだいいほうだ。

二度目は小学四年生。久留里がコップを落として割り、そのカケラで手を切ったときだ。

俺は予想外の大量の血を見てパニックに陥った。母が念のため病院に連れていき、戻ったときに俺は『セトモノとガラスは邪悪』『危険物は排除』とかなんとかブツブツ言いながら家中の食器をゴミ袋に詰めて捨てようとしていたらしい。このときの記憶はうっすらあるがマトモな思考はまるで成していなかった。

三度目は中学一年のころ。久留里が変質者に追いかけられたときだった。

俺は我に返ったときには縄でぐるぐるに縛り上げた変質者を引き摺《ず》って近所で焼き芋を焼いてる老人のところで一緒に燃やそうとしていた。

当然ながら老人が警察を呼んでくれたので俺は罪を犯さずにすんだ。

普段から、なるべく穏やかに、冷静に、そして常識的に。

そう心がけているというのに、何かのきっかけでプツンといくと、普段抑制してる分まで爆発して、常識や良識や倫理とかけ離れた行動をとってしまう。

俺は自分のそういうところが、心底恐ろしかった。

正気を失ったときの暴力性が体の成長と共に増しているのが余計に恐ろしい。

落ち込みながら歩く俺に久留里が何か言おうと口を開いたが、結局何も言わずにそっと俺の手を取った。

俺と久留里はずっと黙って歩いていたが、顔を見ると、目が合った。

数秒、どちらも何も言わず、ただわずかに目を見開き視線を交わしていたが、まるで酸素が切れたように久留里が口を開けた。

「コウちゃん、大丈夫だよ」

久留里はそう言って、少し背伸びをして俺の頭を小さくポンポン叩《たた》くと、ふっと頬を緩めて笑った。

俺が縛られるいくつもの常識をまるで介さない、自由で優しく、愛らしい笑みだった。

やがて、わが家が見えてくる。玄関前に両親と四葉が揃《そろ》って待ち構えていた。

「くんちゃん！　どこ行ってたの！」

「久留里ちゃん！　無事でよかった！」

「お姉……！」

家族全員が大仰に久留里を迎える。四葉にいたっては半ベソでしがみついている。

「くんちゃん、みんな心配したよぉ〜」

「そりゃ、スマホの電源は切れてたけど……ちゃんと連絡入れて一日外泊しただけで、なんでこんな大ごとになってるの？　うちの家族おかしくない？」

久留里が呆《あき》れた顔でちらりと俺を見たが、それに答えたのは母だった。

「心配するよう〜。くんちゃんは、特別可愛《かわい》いし」

「そうだ。久留里ちゃんは可愛いから……」

「そうだ。すさまじく可愛いから……心配になる」

「素晴らしい親バカ兄バカ攻勢ありがと……」

「親バカじゃないよ！　久留里ちゃんの可愛さは……」

「わ、わかったわかった。ごめんなさい、パパ。私は日本一可愛いから気をつけるよ」

「いや、銀河系一だ……だが、わかってくれればいい」

父が笑いながら深く頷《うなず》いた。

＊　　＊

久留里の家出騒ぎの翌朝、俺はリビングでぼんやりとお茶を飲んでいた。

昨日は焦《あせ》ってうっかり正気を失ってしまった。しかし、本当は迎えになんて行かず、きちんと突き放すのが正解だったのではないかという思いもあった。久留里は俺が思っているよりしっかりしている。もしかしたらこの喧嘩《けんか》は、俺と久留里が大人になり、外の世界に出て、家族に縛られすぎずに生きられる可能性だったかもしれないのだ。

そんなことを悶々《もんもん》と考えていると、少し眠そうな顔の久留里が起きてきた。

「コウちゃん、おはよ」

「……おはよう」

「相変わらず早いね。もう走ってきたの？」

「ああ……」

「ふうん……」

喧嘩の内容を話し合うことなく仲直りだけをしてしまったので、そこはかとなく気まずい空気があった。

久留里は冷蔵庫の前に行って麦茶をコップに注ぎ、それを半分ほど飲んだ。そしてコップを持ったまま、俺の目の前まで来た。

「コウちゃんさ、外の世界の友達、もういるじゃん」

「え？」

「七尾《なな お》先輩。だからわざわざ渡瀬《わたらせ》先輩とデートする必要なくない？」

「へ？　息抜きをデートとは言わないだろう。それに七尾は七尾で……渡瀬は渡瀬だろ」

「でも、その二人はぜんぜん種類が違うと思うんだけど……」

「さほどの違いはないだろ。二人とも真面目だし……友人だ」

久留里はハーとため息を吐《つ》くと、残りの麦茶を一息で飲み干した。

髪の毛をわしわしと掻《か》きながら、少し大人びて感じられる表情で目を細め、息を吐く。

「ふーん、じゃあ……私も家族離れして……」

久留里はそう言って、ほんの少し目を見開き、俺をじっと見た。

「ん……？　なんだ？」

「彼氏でも作ろうかなー……」

「クァッ……キャレッ!?」

思わず怪鳥のような悲鳴が出た。

彼氏。

脳内に『彼氏』という巨大な白抜きゴシック体の太文字がドカーンと効果音付きで登場し、ほかのすべての思考を押し退《の》けて中央に鎮座した。突然登場したそれはビクとも動かず、俺の脳の動きを妨げる。

彼氏。久留里に、彼氏。彼氏。彼氏彼氏彼氏。

白抜きゴシック体の文字は動き出し、連続して左から右へエンドレスに流れ、俺は白目を剥《む》きそうになった。いや、実際に剥いた。

「久留里に……彼氏」

体中の血液がサーッと降下して、俺は垂直に倒れた。

ドシン、と大きな音が床に響いた。直後は俺が倒れた音だということに気づかず、でかい音だなと思った。

「わー！　コウちゃん!?」

久留里に……彼氏？　駄目だ。駄目駄目。絶対駄目。あり得ない。

どんな奴《やつ》だ。どんな奴でも許せる気がしない。許せそうにない。殺す。いや、殺しちゃ駄目だ。それは法律で禁止されている。なんとか法の目を掻い潜《くぐ》って生存活動だけを止める方法を……呼吸が浅くなる。心臓がものすごい速さで鼓動し、脂汗まで浮かんでくる。

視界がうつろになり、幼いころの記憶がハイスピードで脳を駆け抜けていく。

記憶もおぼろげな幼児期に何度も二人で滑った滑り台。夏休みの宿題を溜《た》め込んだ久留里を手伝って徹夜したあの日。俺が修学旅行に行くことになり、四日間会えないといって泣いた久留里。一緒に自転車を漕《こ》いでいった枝探し。夏休みに半日かけて荒れ果てた公園のゴミ拾いに付き合ってくれた久留里。

小さな久留里が笑う。

「コウちゃんと一緒だと楽しい」

いくつもの笑顔の久留里。

「コウちゃん、大好き！」

その笑顔がさらさらと風に飛ばされる砂の城のように消えていく。

彼氏。

恋人。恋しく思う相手。家族とは別に、愛を注ぐ相手。外界における未来の家族候補。

久留里《くるり》を、大人の世界に連れ去る危険のある……極悪で凶悪な……人間。いや悪魔。

「か、彼氏……久留里に、彼氏……きゃれ……」

息も絶え絶えになり、掠《かす》れ声でのたまっていると、扉のほうから一際《ひときわ》大きな、ドシン！

という音が聞こえた。

見ると、父が床に倒れていた。

「こ、光雪《こうせつ》くん……久留里ちゃん……今、なんの……話を……」

「うわー！　パパまで倒れたー！」

久留里が大騒ぎしていると「何の騒ぎ～？」と言いながら母が入ってきた。

入口付近に倒れている父と同じく瀕死《ひんし》の俺を見て久留里に声をかける。

「うわぁ、死屍累々《ししるいるい》だけど、くんちゃんコレどうしたの～？」

「わ、私の彼氏の話をしたら……二人とも倒れた」

「えっ！　くんちゃん彼氏いたの？」

「いないけど……」

「いないのか!?」

父が叫んでムクリと起き上がった。

「あー、よかった」と言いながら大きく息を吐いている。

「四郎くん体大きいんだから早く起きて。こんなとこ倒れてたら邪魔よう。今日は久しぶりに二人で映画でしょ〜」

「ハハ……とりみだしてすまない」

「とりみだしすぎでしょ〜」

「ハハハ……久しぶりに本気で気絶しそうになったよ」

二人は笑いながら退室した。扉がパタンと閉じると、久留里が俺のそばに寄ってきた。

白目がちに倒れている俺の腰の辺りをつんつんしてくる。

「むふふー。ねー、コウちゃん」

「…………」

「歳《とし》をとると〜、家族の関係性は変わっていくんだよね？」

「あ、ああ……」

「外の世界を広げていく必要があるんだよね？　だったら私に彼……」

心臓がキリキリ、とねじれあがるような感覚が襲ってくる。これは絶対に健康に悪い。

「そのワードは心臓に悪い。やめてくれ」

「えー？　でもさー、そのうち結婚するんだとしたらべつに今くらいに彼氏が」

久留里が妙に生き生きした笑顔で俺を見つめて言ってくる。

キリキリキリキリキリキリキリ。

「わ、わかった。俺が悪かった。まだ早い。時期尚早にもほどがあった……」

「じゃあ、コウちゃんも」

「うん」

「わざわざ妹離れなんてやめて、今まで通り妹《わたし》との日々を、謳歌《おうか》しよ」

久留里はそう言って、にっこりと笑った。

「ああ……そうだな」

「私も、兄離れしなくていい？」

「…………いい」

「じゃあコウちゃんのほうの発言は全面撤回で」

「ああ」

「やったー！　勝利！　勝訴！」

飛び跳ねて嬉《うれ》しそうに笑う目の前の妹は、いつか今とはまったく違う顔をして、遠い距離感になっているのかもしれない。

だが、別れなんて、いずれ自然に訪れるものなのだから、わざわざ早めるようなことなんてしなくていいのかもしれない。今はたとえそれが異常と言われても、俺はまだ、受け入れることは到底できそうにない。

「じゃあコウちゃん、仲直り」

久留里がにっこり笑って差し出した手を取り、古式ゆかしい仲直りをした。

そのまま引っ張り上げられて、起き上がったところに四葉《よつば》が入ってきた。

「あれ、四葉、どこかに出かけるの？」

「うん」

「いつもの、カナちゃんのとこ？」

何気なく確認した久留里に、四葉がふるふると首を横に振った。

「……ううん。カナちゃんもいるけど、ゆうとくんのところ」

ユート⁉　そんな名前の女の子はおそらくいない。いたとしてもわざわざ君はつけない。

ということは……男。邪悪な男の家。

四葉に……彼氏⁉

再び、ドシンという鈍い音が部屋に響いた。

「わー！　コウちゃんがまた倒れたー！」

エピローグ

幼かった日に、俺は自分以外の人間が全員宇宙人であるという妄想に取り憑《つ》かれたことがあった。

それは二、三日のことだったと思うが、その間はわりと真剣に悩んだ。何しろ確認の方法がないのだ。他人というものは、基本的には言葉を介してしか内面を覗《のぞ》けないいし、それだって本当のことを言うとは限らない。

俺が幼心に自分と他人というものの決定的な距離を理解した瞬間だったのかもしれない。

そのときはどうしたのだったか。たぶん自然と忘れ、元に戻ったのだと思う。

ただ、自分の知らないところにあるかもしれない目に見えない真実、もちろん今では信じていないが、その可能性に精神が振りまわされた初めての経験といえるだろう。

だから三月からあった『血縁』にまつわるそれも種類は違えど似たようなものだと思う。

今回のそれは事実ではあるが、知らなかっただけでそれはずっと存在していた。

だから俺は幼き日と同じように、目に見えない事実に振りまわされるのを止《や》めることにした。

世界は何も変わっていない。その上で俺たちは素晴らしい家族だった。知ったからといって、何かを変えようとする必要はないし、気にするほうがおかしいのだ。

家族というものは、個別の人間がその名前を得て共同生活を送るものだ。生まれたときから近くにいようとも、血がつながっていようがいまいが、反りが合わない奴もいるし、問題は大なり小なりどんな家族にも存在する。

もたらされた事実により、小さく揺れたわが家だったが、きっと今後はゆるやかに元に戻っていくだろうと予感された。

きっと家族の全員が元の形と変わらないものを望んでいるからだ。

家族は水面下でぬるりとその形を変質させた。それでも、新しい形を形成し、表面的には何も変わらないものとして日々、続いていく。

「久留里、遅刻するぞ」

扉をドンドンと叩《たた》いて開けると、そこにはポスターがベタベタと貼られ、アクスタなどのグッズが所狭しと置かれている一般的なアイドルオタクの部屋が広がっている。

ベッドの奥深くで丸まっていた久留里がガバリと跳ね起きた。

「うわぁ！　今何時？」

そう言って枕元の自分のスマホを手に取ってパッと見た。

「わー、こんな時間か。……もう間に合わないかも」

そう言って後ろにパタリと倒れた。

「急げば間に合うだろ」

「……急ぐ気がない」

「いや急げ」

「だってまだ着替えてもないし……」

「支度くらい四十秒でできるだろ」

「えー……、コウちゃん先に行って……」

「久留里、俺は待つぞ。お前が遅刻をすると無遅刻無欠席の俺に遅刻をさせるということに……」

「もーっ、わかったよ。じゃあ急いで着替えるから玄関で待ってて」

結局、この間の喧嘩《けんか》で俺は久留里を拒絶することはできなかった。けれど、それとは裏腹に久留里の過剰な甘えはあの日から自然と緩和されていっているように感じている。

久留里はあの喧嘩で何かが変わった。喧嘩による爆発が沈静して、関係性が落ち着いたことで久留里の荒れていたメンタルが元に戻ったのだろう。甘えが緩和して元に戻っただけでなく、よりきちんとした距離感になってきている気がする。

今もきちんと、着替えるから出ていってくれという意思を伝えられた。俺はその成長に目頭を熱くした。久留里はあんなでも、日々成長しているのだ。

言われた通り玄関にいると、父が棚に常備しているプロテインバーを口に咥《くわ》えた久留里が現れた。

「おまたせ」と言いたかったのだろうが口にものが入ってるので「ふぉまはへ」と言いながら玄関の上がり框《かまち》に座り込んで靴下を穿《は》いている。

「早かったな。えらいぞ」

「どういたしましてー。生徒会長を遅刻させないためにマッハで準備しました」

以前ならこのタイミングで頭を撫《な》でろといわんばかりに頭をこちらに突き出していた久留里だが、すました顔でそう言うと、さっと靴を履いて玄関を出た。

道に出ても駅までわざわざ手をつなごうとすることもない。

兄妹《きょうだい》喧嘩に勝利したのは久留里のはずだったが、譲歩したのは久留里のほうだった。

むしろ以前より少し距離があるくらいに感じられる。

俺たち兄妹は、きっとゆるやかに正しく適切な形に向かっている。

いつか、遠くない日に俺や久留里が外の世界で家族以上に大切なものを見つける日だって来るだろう。

久留里《くるり》が以前言った通り、生まれたときの家族の形は気がついたときには消えているものなのかもしれない。だったら来《きた》るべき日に備えて離れるよりは、今はまだ、ここにある大切な日々を噛《か》みしめるように過ごせばいいのだろうと、そう思えた。

俺は自分の家族が大好きだ。

準備などしなくとも、俺は日々変わっていく。すべてのことは何年も経《た》ち大人になれば、思春期の思い出として、あんなこともあったと記憶にまぎれていくはずだ。

いつか、懐《なつ》かしいあの日となっているのか、それとも忌《い》まわしいあの日となっているのか。

それらはすべてこれからの新しい日々によって決められる。

＊久留里のエピローグ

ここのところの私は、どんどんおかしくなっていた。

コウちゃんが好きだ。

ものすごく、好きだった。

執着は重く、独占欲も強く、前にはなかったような気持ちまで生まれてきている。

以前はコウちゃんの前で着替えなんて平気でできたのに、変に意識してしまって、急にできなくなった。近くにいると、息が苦しくなる。あまりにガチな恋愛感情のようなので、知られてはまずいと隠して普通を装《よそお》っている。

これは、私が生まれて初めて家族に対して持った『本当の秘密』だった。

けれど、それを恋愛感情として正面から認めるかというと、疑うような気持ちもまだ少しあった。

私は今の家族が好きだから、コウちゃんと兄妹として過ごせる日々をなくしたくないためにそう思いこんでしまっているだけかもしれない。

そうだとしたら、家族に対する執着というものは年齢がいくにつれて自然と薄まっていくものなはずだ。

私は芽生えた感情に危機感を感じて、普段ないがしろにしている『常識』や『普通』を引っ張り出してそう信じようともしていた。

いくらコウちゃんに疑似恋愛をしようとも、最後には『血のつながりのある兄に恋愛感情を持ってはならない』という、倫理観がそこにきちんとブレーキをかけていた。

いや、私は怖かっただけかもしれない。

認めたら、コウちゃんにまた異常だと突き放される。

それでも、コウちゃんに彼女や結婚相手が現れるかもしれないことを考えるたびに思ってしまう。

血がつながっていなければいい。

*

*

きっかけはささいなことだった。

クラスメイトの女子が学校に着くなり紙を見せてきた。

「見てみてこれー」

「何それ」

「戸籍謄本。うち今年から父親が海外に単身赴任だから、夏休みに行けるようにパスポート作ることになってさ。昨日取って、鞄《かばん》に入れっぱなしだった」

「へー、そういやそういうの見たことない。見せて」

そこには当たり前だが家族の名前と情報が連ねられていた。それぞれの生年月日や出生地や続柄など、ちょっとしたおごそかなプロフィール帳のようにも感じられた。

そして、それを見て、そうか、もう高校生なんだし、一人で市役所に行って戸籍を取ることもできるんだなと急に気づいたような気持ちになった。

「ねえこれ、どうやったらもらえるの？」

「市役所行って申し込むか、マイナンバーカードがあればコンビニでも発行できるよ」

マイナンバーカードはママが家族分まとめて管理しているので、家にはあるはずだが、一度帰ってわざわざ出してもらうのも面倒に感じた。それより市役所に行ってしまうほうが早い。

だから軽い気持ちで帰りに市役所に出かけた。スマホで調べて、行ったことのなかった市役所を目指すのもちょっとした冒険気分だった。

市役所に着いて、どうしようかキョロキョロしていたら案内の人がすぐに声をかけてくれたので、私はなんなく戸籍謄本を申し込んだ。

平日の午後の市役所は込み合ってなくて、私はベンチでのんびりと呼ばれるのを待っていた。

待っている間に、私はなぜここに来たのだろうと考えた。

友人が持っていた戸籍謄本。それを見た私は、自分も欲しくなったからだ。

大好きな家族の名前や詳細が一覧で入っているのだから欲しくないはずがない。なんなら額に入れて飾っておいてもいいくらいだ。国が発行する公的な、家族証明書が欲しかったからだ。

誰にも言わずに来たのは、こっそり取って、持って帰ったらコウちゃんにも見せてあげよう。そんなわくわくした気持ちがあったから。

けれどもそれは表面的な言い訳のようなもので、心の奥底には、直視してはいけないような、妙にそわそわするような気持ちも抱えていた。

私だけが家族と似ていない。本当にちゃんと、みんなと血がつながっているだろうか。

そうはいっても、普通に血がつながっていると信じる気持ちのほうが強かった。

わが家は平和でお馬鹿な家族だ。家族と血がつながっていないなんて、そんなシリアスなこと、あるわけがない。

もしそんなことが本当にあったら絶対にショックだし、悲しいと思う。

思うけれど、どこかそれを期待するような感情もあった。ホラー映画で、お化けに出てきてほしくないのに、それを観《み》ている以上、ずっと出るのを待っているかのような、本当は期待しているようなちぐはぐな恐怖感。

コウちゃんの顔を思い浮かべると胸がぎゅうっとなった。

そうだ。ただ家族であることを確認することはきっと今の私に必要なことだ。

そうしたらこのやっかいな感情も少し落ち着くかもしれない。

やがて呼ばれて四百五十円を払い、ホチキスで留められた戸籍謄本を受け取ってすぐに封筒に入れた。それを持って、外のベンチに腰掛け、改めて取り出した。思ったより分厚い。

「ん？」

すぐに違和感を感じた。コウちゃんのところ、パパが『養父』になっているし、ほかにも『除籍』となっている見知らぬ名前もある。なんとなくの推察はできるものの、さらにスマホで調べたりしながら、私は間違いがないように慎重にそれを読み解いた。

用紙を持つ手が小さく震えていた。心臓が早鐘のように鳴り続け、脂汗がじわりと滲《にじ》んでくる中、私はじっくりともう一度確認するように見てから深く息を吐いた。

「ああ……なんだ……そっかー」

そうか。私は『自分だけが似ていない』という思い込みがあったから、こういう方向性をうっかり失念していたんだな。そんなことを他人事《ひとごと》みたいに思った。

思ったより、というか不自然なまでに心は凪《な》いでいた。けれど、立ち上がる気になれず、

しばらくその場で空や道行く人を眺めていた空は青く、風が吹いていて、樹々が揺れる小さな音が聞こえてくる。

私とコウちゃんは、血がつながっていない。

あとがき

こんにちは！　村田天《むらたてん》です。

今作をお読みくださりありがとうございます。

毎回主題とは別にぼんやりした裏テーマがふわんとできることが多いのですが、今回は『常識』でした。

ある国やその時代にしかないもの、地域や学校に存在する特殊ルールなども含め、どれだけ現代の日本人の常識からおかしく感じてもそこにおいては普通で、受け入れない側が異端となる、『常識』とはなんだろうとそんなことをつらつら考えながら書きました。

また、各家庭における特殊な慣習などもあって、自分の家では普通だったものが外の人に話したら変だったなんてこともあると思います。

作者の家ではずっと垢《あか》すりのタオルのことを『たこするき』と呼んでいましたが大人になってそんな名称がどこにもないことが明らかになりました。おそらく父発祥のホームスラングだったのでしょう。たこするき。

また、『家族とは』というのも、これは表テーマに近いですがありました。血がつながっているからこそ切りたくともなかなか切れない忌《い》まわしい枷《かせ》のようなものから、つながってなくとも思い合えるものまであると思います。

現実ではいろんな事情を抱えた家族がたくさんあり、『家族は素晴らしいものだ』とは一概に言い切れませんが、今作では温かい癒《いや》しとなるものとしてせいいっぱい描くことを心がけました。何も考えずにほのぼの楽しい気持ちになれる読み味を目指しています。

二〇二二年に書いたものは個人的に難しいものが多く、今回のお話も何度も直して消してをしながら少しずつ進めました。改めて小説を書く難しさを感じつつも、少しずつ世界を広げていけている感じもしています。

まだまだやれることがたくさんあると思うので、がんばっていけたらと思います!

お読みくださった全ての方と、関わってくださった全ての方に感謝を込めて。

二〇二三年　冬　村田天

お便りはこちらまで

〒一〇二―八一七七
ファンタジア文庫編集部気付
村田天（様）宛
絵葉ましろ（様）宛

富士見ファンタジア文庫

俺《おれ》と妹《いもうと》の血《ち》、つながってませんでした

令和５年２月20日　初版発行

著者――村田《むらた》 天《てん》

発行者――山下直久

発　行――株式会社KADOKAWA
〒102-8177
東京都千代田区富士見2-13-3
0570-002-301（ナビダイヤル）

印刷所――株式会社暁印刷

製本所――本間製本株式会社

ISBN978-4-04-074881-8 C0193　◇◇◇

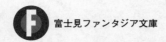

これは世界を救う
1
久遠崎彩禍。三〇〇時間に一度、滅亡の危機を迎える世界を救い続けてきた最強の魔女。そして――玖珂無色に身体と力を引き継ぎ、死んでしまった初恋の少女。
無色は彩禍として誰にもバレないよう学園に通うことになるのだが……油断すると男性に戻ってしまうため、女性からのキスが必要不可欠で!?
シン世代ボーイ・ミーツ・ガール!
王様のプロポーズ
King Propose
橘公司
Koushi Tachibana
[イラスト]――つなこ

最強の初恋
シリーズ
好評発売中!
ファンタジア文庫

騙しあい。

各国がスパイによる戦争を繰り広げる世界。任務成功率100%、しかし性格に難ありの凄腕スパイ・クラウスは、死亡率九割を超える任務に、何故か未熟な7人の少女たちを招集するのだが――。

シリーズ
好評発売中！

ファンタジア文庫

世界最強の
“不可能任務”に挑む少女たちの
痛快スパイファンタジー！
スパイ教室
竹町
illustration
トマリ

「何したっていいんだよ。
私たち、兄妹なんだから」
Iruka Kururi
入鹿《いるか》久留里《くるり》
入鹿光雪の妹。家族愛が強いが、その中でも特に兄に懐いていて、普通の兄妹の範疇を超えた言動、行動をする兄ガチ勢。

「お兄ちゃんと
血がつながってなかったら……
結婚するよ」
俺と妹の血、つながってませんでした